Todesacker Normandie – Feuertaufe der SS-Division „Hitlerjugend"

Wolfgang Wallenda

Todesacker Normandie – Feuertaufe der SS-Division „Hitlerjugend"

Normandie im Juni 1944 – die jungen Soldaten der
12. SS-Panzer-Division „Hitlerjugend" erleben ihren ersten
Kampfeinsatz

Impressum:

©2016 Wolfgang Wallenda

Umschlaggestaltung, Herstellung und Verlag:
BoD-Books on Demand, Norderstedt

Titelbild und Rückseite:

Bild 146 - Sammlung von Repro-Negativen, Archivtitel: Frankreich Invasionsfront bei Caen, MG-Schütze mit MG-42, 1944, 1944, Fotograf: Woscidlo, Wilfried, Bundesarchiv, Signatur: Bild 146-1983-109-14A

ISBN: 978-3-7412-4014-0

Jeder Krieg ist eine Niederlage des menschlichen Geistes.

Henry Miller

Der Krieg ist kein Abenteuer. Der Krieg ist eine Krankheit. Wie der Typhus.

Antoine de Saint-Exupéry

Anmerkung des Autors:

Der Zweite Weltkrieg war eines der dunkelsten Kapitel in der der Weltgeschichte. Wir müssen aus der Geschichte lernen. Es darf nie wieder einen Holocaust oder einen Porajmos geben. Leider vergisst die Menschheit viel zu schnell.

Traurige Beispiele hierfür sind der Genozid in Ruanda 1994 oder der Bürgerkrieg im ehemaligen Jugoslawien, in den 90er Jahren des letzten Jahrhunderts.

Was man über die Waffen-SS unbedingt wissen sollte:

Waffen-SS war ab 1939 die Bezeichnung für die schon früher gegründeten militärischen Verbände der nationalsozialistischen Parteitruppe SS. Seit Mitte 1940 war sie organisatorisch eigenständig und unterstand dem direkten Oberbefehl des Reichsführers SS Heinrich Himmler. Ihr gehörten sowohl Kampfverbände als auch die Wachmannschaften der Konzentrationslager an.[1]

Ihre Kampfverbände wurden im Zweiten Weltkrieg dem Oberbefehl der Wehrmacht unterstellt, kämpften an der Front und wurden zur Sicherung besetzter Gebiete gegen Partisanen und potenzielle Gegner eingesetzt. Aufgrund ihrer Beteiligung am *Holocaust*, am *Porajmos* und an zahlreichen Kriegsverbrechen wurde sie 1946 vom Internationalen Militärgerichtshof in Nürnberg zur verbrecherischen Organisation erklärt.

In der Bundesrepublik Deutschland sind zudem die Verbreitung von Propagandamaterial und Verwendung von Symbolen der SS (§§ 86 und 86a StGB) strafbar.

Selbst- und Fremdwahrnehmung, Motivation

Die Waffen-SS stilisierte sich nicht nur selbst zu einer Truppe, deren Angehörige als hart und männlich, verwegen und tapfer sowie unerschütterlich treu und aufopferungsvoll bis in den Tod galten, sondern sie hatte auch den Ruf, im Krieg besonders draufgängerisch zu sein, vor allem aber rücksichtslos und brutal gegenüber Gefangenen und der Zivilbevölkerung zu sein.

Die amerikanische *Military Intelligence*, die den Auftrag der Feindaufklärung hatte, versuchte während des Zweiten Weltkriegs, durch Befragung von Kriegsgefangenen Aufschluss darüber zu erhalten, was den inneren Zusammenhalt der deutschen Streitkräfte ausmachte. Sie fanden ihre Annahme vielfach bestätigt, dass ein harter Kern von Nationalsozialisten die militärischen Einheiten ideologisch und militärisch zusammenhielt. Die Größe des harten Kerns lag bei zehn bis fünfzehn Prozent. Fallschirmjäger- und Waffen-SS-Divisionen hätten jedoch einen weit höheren Anteil überzeugter Nationalsozialisten gehabt, oft die gesamte befragte Gruppe.[12]

Kriegsverbrechen und Beteiligung am Holocaust im Osten

Von nahezu allen Einheiten der Waffen-SS, nicht nur ihren Freiwilligen- und Waffen-Divisionen, wurden in so gut wie allen gegen das Deutsche Reich kriegführenden Ländern Kriegsverbrechen unterschiedlichen Ausmaßes begangen, vor allem gegen die Zivilbevölkerung. Während solche in den westeuropäischen Ländern allerdings eher vereinzelte Ereignisse blieben, wenngleich – wie die unten folgende Auflistung zeigt – nicht selten mit hunderten Toten an einem Schauplatz, nahmen sie in den osteuropäischen Staaten, vor allem aber ab 1941 in der Sowjetunion, Ausmaße an, die alles bisher Dagewesene in den Schatten stellten.

Diese enthemmte Tötungsbereitschaft lässt sich keinesfalls nur, wie meist zu lesen ist, auf die ideologische Ausrichtung der Führungsspitze und der verantwortlichen Truppenführer reduzieren. Vielmehr belegen zahlreiche Studien, dass auch SS-Mitglieder niedrigeren militärischen Ranges häufig bereit waren, die radikalen Vorgaben und Befehle ihrer Führer nicht nur zu befolgen und zu erfüllen, sondern sie sogar noch durch entsprechende Eigeninitiativen zu übertreffen. So zeigte beispielsweise eine Studie über das Vorgehen der dem Kommandostab Reichsführer SS unterstellten drei Brigaden der Waffen-SS (1. und 2. SS-Brigade, SS-Kavalleriebrigade), die mit Beginn des Krieges gegen die UdSSR ausschließlich in den rückwärtigen Heeresgebieten zum Einsatz kamen, dass gerade diese Verbände in besonderem Maße zur Radikalisierung jener Entwicklung beitrugen, die schließlich noch im Sommer 1941 zur unterschiedslosen Tötung aller jüdischen Männer, Frauen und Kinder in den von den Deutschen besetzten Gebieten der Sowjetunion führte. Allein in den ersten sechs Monaten des Ostkrieges ermordeten die SS-Kavalleriebrigade und die 1. SS-Brigade nicht weniger als 57.000 jüdische Männer, Frauen und Kinder. Der überwiegende Teil davon entfiel auf die von Hermann Fegelein geführte SS-Kavalleriebrigade mit rund 40.000 Getöteten.[13]

Darüber hinaus wurde auch zwischen den Feldeinheiten der SS-Divisionen und den SS-Einsatzgruppen, die hinter der Front in großem Maßstab Massaker an Juden begingen, sowie den ebenfalls zur Waffen-SS zählenden Wachmannschaften der Konzentrationslager Personal ausgetauscht. Im Kiewer Vorort Babi Jar ermordeten Einsatzgruppen der Waffen-SS und der SS nach dem Einmarsch in Kiew am 29./30. September 1941 etwa 33.000 Menschen.

Massaker der Waffen-SS auf den südlichen und westlichen Kriegsschauplätzen

Während des Westfeldzuges eroberte das motorisierte SS-Infanterieregiment „Leibstandarte SS Adolf Hitler" im Mai 1940 die Ortschaft Wormhout in Nordfrankreich. Mindestens 45 gefangene britische Soldaten wurden von Angehörigen der „Leibstandarte" erschossen (→ Massaker von Wormhout)

Am 27. Mai 1940 erschossen Einheiten der SS-Totenkopf-Division 99 britische Kriegsgefangene (→ Massaker von Le Paradis).

Einen Tag nach der Landung der Alliierten in der Normandie, am 7. Juni 1944, erschossen Soldaten der SS-Panzer-Division „Hitler-Jugend" etwa hundert kanadische Kriegsgefangene und fuhren mit Panzern über deren Leichen.

Beim Massaker von Oradour am 10. Juni 1944 erschoss eine Kompanie der 2. SS-Panzer-Division „Das Reich" 642 Einwohner, darunter auch 245 Frauen und 207 Kinder, oder verbrannte sie in ihren Häusern bei lebendigem Leibe.

Beim Malmedy-Massaker am 17. Dezember 1944 erschossen Soldaten der Waffen-SS bei Malmedy etwa 70 US-Soldaten, die sich bereits ergeben hatten.

Massaker von Maillé am 25. August 1944: im westfranzösischen 500-Einwohner-Dorf Maillé ermordete ein Bataillon der Waffen-SS, das im nahe gelegenen Chatellerault stationiert war, aus Rache für Aktivitäten der Résistance 124 Menschen, unter ihnen 44 Kinder.[14]

Am 20. April 2004 begann in La Spezia, Italien, der Prozess gegen die Waffen-SS-Offiziere Gerhard Sommer, Ludwig Sonntag und Alfred Schönenberg wegen eines Massakers am 12. August 1944 in Sant'Anna di Stazzema bei Lucca in der Toskana, bei dem 560 Zivilisten ermordet wurden, darunter 142 Kinder. Im Juni 2005 wurden Sommer und neun Soldaten seiner Einheit in Abwesenheit zu lebenslanger Haft verurteilt. Die Staatsanwaltschaft Stuttgart ermittelt mit dem Ziel einer Anklage in Deutschland.

Am 8. Juli 2004 begann in La Spezia, Italien, der Prozess gegen Waffen-SS-Offizier Hermann Langer wegen eines Massakers im toskanischen Kloster Farneta bei Lucca am 2. September 1944, bei dem 60 Zivilisten ermordet wurden. Er wurde jedoch am 10. Dezember 2004 in Abwesenheit aus Mangel an Beweisen freigesprochen.

Kämpfer der Waffen-SS haben in den letzten Kriegstagen eine Vielzahl von deutschen Soldaten und Zivilisten wegen „Wehrkraftzersetzung" oder Desertion hingerichtet.

1942 wurde mit Mitteln der Waffen-SS unter dem Dach der Forschungsgemeinschaft Deutsches Ahnenerbe e. V. das Institut für wehrwissenschaftliche Forschung gegründet. Dieses Institut führte unter anderem tödliche Menschenversuche in nationalsozialistischen Konzentrationslagern an Häftlingen durch. 20 der über 3000 KZ-Ärzte und drei weitere Verantwortliche wurden nach dem Krieg im Nürnberger Ärzteprozess zur Rechenschaft gezogen. Einige beteiligte Wissenschaftler waren Mitglieder der Waffen-SS.

Juristische Aufarbeitung der Verbrechen der Waffen-SS

Im Nürnberger Prozess gegen die Hauptkriegsverbrecher 1946 erklärte der Internationale Militärgerichtshof die Waffen-SS wie auch die allgemeine SS und die Totenkopfverbände wegen Kriegsverbrechen und Verbrechen gegen die Menschlichkeit zu verbrecherischen Organisationen.

Eine Ahndung der zahllosen Verbrechen der Waffen-SS erfolgte aber dennoch in nur sehr geringem Ausmaß. Der Historiker Martin Cüppers stellte beispielsweise fest, dass nur acht Angehörige der dem Kommandostab Reichsführer SS unterstellten SS-Einheiten, deren Treiben er in einer Studie untersuchte, welche die Bedeutung der Waffen-SS-Verbände für die Ingangsetzung der Shoah in der ehemaligen Sowjetunion unterstreicht, nach dem Krieg für ihre Verbrechen juristisch belangt wurden. Hingegen kamen mehrere Tausend ehemalige Angehörige dieser Einheiten, darunter viele, die juristisch wegen begangener Kriegsverbrechen zu verfolgen gewesen wären, völlig ungeschoren davon.[19]

Fußnoten

- (1) Hans Buchheim: Anatomie des SS-Staats. Bd. 1: Die SS – Das Herrschaftsinstrument. Befehl und Gehorsam. München 1967, S. 179.

- (12) Rafael A. Zagovec: Gespräche mit der 'Volksgemeinschaft. In: Das Deutsche Reich und der Zweite Weltkrieg, Bd. 9/2: Die deutsche Kriegsgesellschaft 1939 bis 1945 – Ausbeutung, Deutungen, Ausgrenzung. im Auftrag des MGFA hrsg. von Jörg Echternkamp. Deutsche Verlags-Anstalt, Stuttgart 2005, ISBN 3-421-06528-4, S. 360–364.

- (13) Vgl. dazu Martin Cüppers: Wegbereiter der Shoah. Die Waffen-SS, der Kommandostab Reichsführer SS und die Judenvernichtung 1939–1945. (Veröffentlichungen der Forschungsstelle Ludwigsburg der Universität Stuttgart, Bd. 4). 2., unveränderte Auflage. Wissenschaftliche Buchgesellschaft, Darmstadt 2011, ISBN 978-3-89678-758-3, S. 189–214, hier S. 203 und S. 213. Die Angaben beziehen sich ausschließlich auf getötete Juden, zusätzlich noch ermordete russische Kriegsgefangene und nichtjüdische Zivilisten sind darin nicht enthalten.

- (14) Waffen-SS als Verantwortliche des Massakers von Maillé identifiziert. In: Der Standard. 11. Oktober 2008.

- (19) Vgl. dazu Martin Cüppers: Wegbereiter der Shoah. Die Waffen-SS, der Kommandostab Reichsführer SS und die Judenvernichtung 1939–1945. (Veröffentlichungen der Forschungsstelle Ludwigsburg der Universität Stuttgart, Bd. 4). 2., unveränderte Auflage. Wissenschaftliche Buchgesellschaft, Darmstadt 2011, ISBN 978-3-89678-758-3, S. 322–335.

Quelle: https://de.wikipedia.org/wiki/Waffen-SS

Auszugsweise wiedergegeben unter **Lizenzbedingungen:** http://creativecommons.org/licenses/by-sa/3.0/deed.de

12. SS-Panzer-Division-„Hitlerjugend"

Die *12. SS-Panzer-Division Hitlerjugend* war eine 1943 gegründete Panzer-Division der Waffen-SS, die an der Ost- und Westfront des Zweiten Weltkrieges eingesetzt wurde. Die meisten Soldaten der Division gehörten zum Jahrgang 1926 und waren demnach 1943 mit 17 Jahren aus der Hitlerjugend angeworben worden.

Aufstellung und Ausbildung

Im Januar 1943 schlug SS-Gruppenführer Gottlob Berger dem Reichsführer SS Heinrich Himmler vor, eine SS-Division aus Mitgliedern der Hitler-Jugend aufzustellen und fand in diesem einen enthusiastischen Fürsprecher. Am 10. Februar 1943 folgte der amtliche Erlass für die Verwendung des Jahrgangs 1926 zur Aufstellung der SS-Division Hitlerjugend. Als Divisionskommandeur bestimmte Himmler den SS-Oberführer Fritz Witt von der 1. SS-Panzer-Division Leibstandarte SS Adolf Hitler, die auch den Kader für die aufzustellenden Einheiten, rund 1000 Mann,[1] stellte. Die Division war von Anfang an als Elitetruppe gedacht. Durch einen Wettbewerb wurde das Abzeichen für die neue Einheit, die Siegrune der Hitlerjugend gekreuzt mit dem Dietrich der Leibstandarte (nach ihrem ersten Kommandeur Josef Dietrich), ermittelt.

Durch die Übernahme der Kader von der Leibstandarte wurde die Division „Hitlerjugend" – so der Historiker Peter Lieb – „symbolisch das erste politisch-militärische Kind der ehemaligen Leibgarde Hitlers".[2] Lieb nennt die Division den „wohl [...] am stärksten nationalsozialistisch indoktrinierte[n] Verband der gesamten deutschen Streitkräfte".[3] Die 1926 geborenen Rekruten waren im NS-Staat aufgewachsen und erzogen worden, kannten nur diese Ideologie und waren bereit, hierfür fanatisch zu kämpfen, so Lieb.[3]

Bis zum 1. September 1943 wurden über 16.000 Mitglieder der Hitler-Jugend eingezogen und erhielten eine sechswöchige Grundausbildung. Während der Ausbildung auf dem Truppenübungsplatz Beverloo (Belgien) wurde entschieden, die ursprünglich als Panzergrenadier-Division konzipierte Einheit in eine Panzer-Division umzugliedern und den

Namen in SS-Panzer-Division Hitlerjugend zu ändern. Mit der Durchnummerierung der Einheiten der Waffen-SS am 22. Oktober 1943 erhielt die Division dann die Nummer 12, die beiden Panzergrenadier-Regimenter die Nummern 25 und 26.

Im März 1944 war die Division einsatzbereit und wurde nach Caen in die Normandie verlegt, wo sie der Panzergruppe West unterstellt wurde.

Einsatz in der Normandie

Am 6. Juni 1944 begann die Invasion der Normandie durch die Westalliierten. Die *12. SS-Panzer-Division Hitlerjugend* bildete zusammen mit der *21. Panzer-Division* die den Landungsstränden am nächsten gelegene gepanzerte Reserveeinheit. Durch die heftigen Bomberangriffe gelangte sie erst gegen 22:00 Uhr nahe Évrecy zum Einsatz.

Am 7. Juni wehrte das *25. SS-Panzergrenadier-Regiment* unter SS-Standartenführer Kurt Meyer („Panzermeyer") zusammen mit dem II./12. SS-Panzer-Regiment einen Angriff der einen Tag vorher am Juno Beach angelandeten und nun etwa 20 km landeinwärts stehenden kanadischen Truppen ab. Im Zuge dieses Einsatzes und in der Folgezeit ermordeten Angehörige der Division mindestens 187 kanadische Kriegsgefangene. Es war der größte und bekannteste Fall von Kriegsverbrechen während der Kämpfe in der Normandie.[3]

Am 8. Juni erreichte das *26. SS-Panzergrenadier-Regiment* unter Befehl von SS-Obersturmbannführer Wilhelm Mohnke die Position westlich von Meyers Truppe. Das Regiment stieß Richtung Norrey-en-Bessin vor und besetzte das strategisch wichtige Dorf.

Am 14. Juni beschoss die Royal Navy den Stützpunkt in Venoix mit Schiffsartillerie, wobei u. a. Witt ums Leben kam. Seinen Platz nahm Kurt Meyer ein, der mit 33 Jahren zum jüngsten Divisionskommandeur des Zweiten Weltkrieges wurde. Meyer wurde später wegen Kriegsverbrechen angeklagt; er wurde für die Ermordung der kanadischen Kriegsgefangenen verantwortlich gemacht.

Die Division erhielt den Auftrag, in den folgenden vier Wochen Caen einzunehmen, obwohl sie zahlenmäßig unterlegen war und über keinerlei Luftnahunterstützung verfügte.

In der ersten Juliwoche erlitt die Division durch die vorrückenden Alliierten große Verluste. Meyer ignorierte daraufhin den Befehl, die Nordlinie von Caen zu halten, und zog mit dem Rest seiner Truppe in Richtung Süden ab. Die Panzer-Division hatte zu diesem Zeitpunkt 4000 Tote, 8000 Verletzte und zahlreiche Vermisste zu beklagen.

Der Rückzug

In den kommenden Wochen zog sich die Division bis zur französisch-belgischen Grenze zurück. Bis September war die Truppe auf 2.000 Mann geschrumpft. Meyer selbst wurde am 6. September von belgischen Partisanen gefangen genommen, woraufhin SS-Obersturmbannführer Hubert Meyer das Kommando übernahm.

Im November wurde die Division nach Nienburg verlegt, wo sie nach der De-facto-Vernichtung wieder aufgestellt werden sollte. Meyer wurde durch SS-Obersturmbannführer Hugo Kraas abgelöst. Unter seiner Führung wurde die Division der 6. SS-Panzerarmee unter SS-Oberstgruppenführer Sepp Dietrich für die Ardennenoffensive unterstellt.

Die Operation, die am 16. Dezember 1944 begann, blieb aus verschiedenen Gründen schnell stecken. Trotz intensiver Bemühungen gelang es nicht, die Front der amerikanischen Verteidiger zu durchbrechen. Die Division wurde in die Schlacht um Bastogne geschickt. Bis zum 18. Januar 1945 wurde die Division (ähnlich wie die anderen deutschen Einheiten) auf ihre Ausgangsposition zurückgedrängt.

Ungarn und Österreich

Am 20. Januar 1945 wurde die 6. SS-Panzer-Armee nach Ostungarn verlegt, um Budapest zu entsetzen, wo 45.000 Männer des IX. Waffen-Gebirgs-Korps der SS eingekesselt waren. Die Division erreichte die Stadt im Februar nur wenige Tage bevor die Stadt fiel. Sie kämpfte dabei an einem Brückenkopf in der Stadt Esztergom an der Donau. Dieser wurde Ende des Monats zerschlagen.

Als nächstes sollte die Division an der *Operation Frühlingserwachen* teilnehmen, eine Operation, um die ungarischen Ölfelder zurückzugewinnen. Hitler war bemüht, die Aktion geheim zu halten und verbot das Schlachtfeld vor dem Angriff aufzuklären. Nach anfänglichen Erfolgen wurde die Operation nach einem sowjetischen Gegenangriff abgebrochen.

Bis Mitte März wurde die Division auf Wien zurückgedrängt und ergab sich in Österreich amerikanischen Truppen.

Kriegsverbrechen

Während der Verlegung der Division wurden in der Nacht vom 1. zum 2. April 1944 in Ascq 86 willkürlich ergriffene Einwohner als Vergeltung für einen zuvor in dem Ort erfolgten Sprengstoffanschlag auf einen Eisenbahnzug erschossen, bei dem zwei Waggons zum Entgleisen gebracht worden waren. Diese Vergeltungsmaßnahme wird als *Massaker von Ascq* bezeichnet.

Nach der Invasion der Alliierten wurde die Division in Kämpfe mit kanadischen Truppen verwickelt. Es wurden mehrere hundert Kanadier gefangengenommen. Schon am 7. Juni 1944 erschossen Mitglieder der Division an verschiedenen Orten kanadische Gefangene. Insgesamt wurden mindestens 187 dieser Gefangenen erschossen. Beteiligt waren u.a. der Kommandeur des *25. SS-Panzergrenadierregiments* und spätere Divisionskommandeur Standartenführer Kurt Meyer, der Kommandeur des II. Bataillons des *26. Panzergrenadierregiments* Sturmbannführer Bernhard Siebken und sein Ordonnanzoffizier Untersturmführer Dietrich Schnabel. Siebken und Schnabel wurden durch ein britisches Militärgericht zum Tode verurteilt. Ihre Strafe wurde am 20. Januar 1949 vollstreckt. Meyer stand wegen seiner Verbrechen vor einem kanadischen Militärgericht. Im Dezember 1945 zur Todesstrafe verurteilt, wurde diese Strafe kurze Zeit später in lebenslange Haft umgewandelt. 1954 wurde Meyer entlassen. Andere in dieses Kriegsverbrechen verwickelte Offiziere wurden nie belangt, so der Kommandeur des *26. SS-Panzerregiments* und spätere Kommandeur der *1. SS-Panzer-Division „Leibstandarte Adolf Hitler"* Obersturmbannführer Wilhelm Mohnke, der Kommandeur des III. Bataillons des *25. SS-Panzergrenadierregiments* Obersturmbannführer Karl-Heinz Milius und der Kommandeur der *12. SS-Panzeraufklärungsabteilung* Sturmbannführer Gerhard Bremer.[3]

Die *SS-Panzerdivision Hitlerjugend* wird auch für das Blutbad in Tourouvre verantwortlich gemacht.[4]

Gliederung und Kommandeure der Division:

1944 umfasste die Division folgende Einheiten:

- SS-Panzergrenadier-Regiment 25
- SS-Panzergrenadier-Regiment 26
- SS-Panzer-Regiment 12
- SS-Panzerartillerie-Regiment 12
- SS-Kradschützen-Regiment 12
- SS-Aufklärungs-Abteilung 12
- SS-Panzerjäger-Bataillon 12
- SS-Werfer-Bataillon 12
- SS-Flak-Bataillon 12
- SS-Panzerpionier-Bataillon 12
- SS-Panzernachrichten-Bataillon 12
- SS-Instandsetzungs-Abteilung 12
- SS-Nachschubtruppen 12
- SS-Wirtschafts-Bataillon 12
- SS-Kriegsberichter-Zug (mot.) 12
- SS-Feldgendarmerie-Kompanie/Trupp 12
- SS-Feldpostamt (mot) 12
- SS-Sanitäts-Abteilung 12

Kommandeure

- 24. Juni 1943 bis 16. Juni 1944: SS-Brigadeführer und Generalmajor der Waffen-SS Fritz Witt
- 16. Juni bis 6. September 1944: SS-Oberführer Kurt Meyer
- 6. September bis 24. Oktober 1944: SS-Sturmbannführer Hubert Meyer (interimistisch als Ia der Division)
- 24. Oktober bis 13. November 1944: SS-Brigadeführer Fritz Kraemer
- 13. November 1944 bis 8. Mai 1945: SS-Standartenführer Hugo Kraas

Fußnoten

1. Gordon Williamson: Die SS. Hitlers Instrument der Macht, Kaiser, 2005, S. 102
2. Peter Lieb Konventioneller Krieg oder Weltanschauungskrieg? Kriegführung und Partisanenbekämpfung in Frankreich 1943/44 (= Quellen und Darstellungen zur Zeitgeschichte. Bd. 69). Oldenbourg, München 2007, ISBN 978-3-486-57992-5, S. 114 (Zugleich: München, Univ., Diss., 2005).
3. Lieb, Konventioneller Krieg oder Weltanschauungskrieg, S. 158.
4. Peter Lieb: Konventioneller Krieg oder NS-Weltanschauungskrieg? Kriegführung und Partisanenbekämpfung in Frankreich 1943/44. Oldenbourg Wissenschaftsverlag, München 2007, ISBN 978-3-486-57992-5. S. 163.

Quelle: https://de.wikipedia.org/wiki/12._SS-Panzer-Division_%E2%80%9EHitlerjugend%E2%80%9C

Lizenzbedingungen: http://creativecommons.org/licenses/by-sa/3.0/deed.de

Dienstgrade der Waffen-SS im Vergleich zur Wehrmacht:

Mannschaften und Unteroffiziere

SS-Schütze *(je nach Waffengattung: SS-Kanonier, SS-Pionier, SS-Funker usw.)*	Schütze *(je nach Waffengattung: Kanonier, Pionier, Funker usw.)*
SS-Oberschütze *(je nach Waffengattung w.o.)*	Oberschütze *(je nach Waffengattung w.o.)*
SS-Sturmmann	Gefreiter
SS-Rottenführer	Obergefreiter
SS-Unterscharführer	Unteroffizier
SS-Scharführer	Unterfeldwebel
SS-Oberscharführer	Feldwebel *(Artillerie, Kavallerie: Wachtmeister)*
SS-Hauptscharführer	Oberfeldwebel *(Artillerie, Kavallerie: Oberwachtmeister)*
SS-Stabsscharführer = kein Dienstrang, sondern eine Dienststellungsbezeichnung für den Kompaniefeldwebel *(ugs. Spieß)*, auch als SS-Stabsscharführer-Diensttuer bezeichnet	Hauptfeldwebel *(Artillerie, Kavallerie, Ordnungspolizei: Hauptwachtmeister)* = kein Dienstrang, sondern eine Dienststellungsbezeichnung für den Kompaniefeldwebel *(ugs. Spieß)*, auch als Hauptfeldwebel-Diensttuer bezeichnet
SS-Sturmscharführer *(Einführung 1938)*	Stabsfeldwebel *(in der Wehrmacht 1938 als höchster Dienstrang der Unteroffiziere eingeführt)*

Offiziere

SS-Untersturmführer	Leutnant
SS-Obersturmführer	Oberleutnant
SS-Hauptsturmführer	Hauptmann
SS-Sturmbannführer	Major
SS-Obersturmbannführer	Oberstleutnant
SS-Standartenführer	Oberst
SS-Oberführer	-
SS-Brigadeführer	Generalmajor
SS-Gruppenführer	Generalleutnant
SS-Obergruppenführer	General
SS-Oberstgruppenführer	Generaloberst

Es war bei offiziellen Anlässen geläufig, auf Generalsebene den Rang doppelt zu nennen: z.B. *„SS-Brigadeführer und Generalmajor der Waffen-SS"*

Offiziersanwärter

FA = Führeranwärter   OA = Offiziersanwärter

	SS-Junker FA	Fahnenjunker (Unteroffizier) OA
	SS-Oberjunker FA	Fähnrich OA
	SS-Standartenjunker FA	Fahnenjunker (Feldwebel) OA
FA	SS-Standartenoberjunker	Oberfähnrich OA analog hierzu auch der Unterarzt *(im Sanitätsdienst)*

Erläuterung zum Roman

Die *Schlacht um Caen* war eine Abfolge von militärischen Angriffsoperationen im Zweiten Weltkrieg, die sich im Zeitraum zwischen Juni und August 1944 in Nordfrankreich ereigneten.

Die Eroberung der verkehrsstrategisch wichtigen französischen Stadt Caen war ursprünglich bereits für die ersten Tage nach Beginn der Landung in der Normandie am *6. Juni 1944* im Rahmen der *Operation Neptune* geplant. Trotz einer weitestgehend erfolgreichen Landung der ersten alliierten Angriffsverbände misslang der Versuch, Caen im ersten Anlauf zu erobern. Der alliierte Kommandeur Bernard Montgomery sah sich deshalb in den nachfolgenden Monaten zu mehreren Angriffen zur Eroberung der Stadt und zur Kontrolle ihres Umlandes gezwungen. Verteidigt wurde das Gebiet von Verbänden der deutschen Wehrmacht und der Waffen-SS.

Darüber hinaus sollten die deutschen Befehlshaber mittels Vortäuschung eines Hauptangriffs auf Caen im britischen Sektor vom US-amerikanischen Sektor abgelenkt werden und die amerikanischen Truppen dadurch freien Handlungsspielraum für blitzkriegähnliche Operationen erhalten. Die folgenden Kämpfe um Caen entwickelten sich zu einer Materialschlacht und einem Stellungskrieg.

Am 9. und 10. Juli gelang es den Briten und Kanadiern, den Nord- und Westteil Caens zu erobern. Weitere neun Tage später, am 19. Juli 1944, war die gesamte Stadt unter alliierter Kontrolle. Daraufhin versuchten die Alliierten, über die Straße Caen-Falaise nach Falaise durchzubrechen. Die nachfolgenden Kämpfe bezeichnet man als Kessel von Falaise.

Die wiederholten britischen Angriffe im Raum Caen banden wesentliche deutsche Truppenverbände. Dies ermöglichte den amerikanischen Landungstruppen, den Westteil des Brückenkopfes zu erweitern und letztlich bei Saint-Lô in der *Operation Cobra* den entscheidenden Durchbruch zu erreichen. Die Kämpfe um Caen waren zwar verlustreich, verhalfen den Alliierten schließlich aber zu einer festen Basis in Nordfrankreich, von der aus sie erst Paris befreiten (Kapitulation am 26.

August 1944) und später zum Angriff auf das Deutsche Reich ansetzten.

Die mittelalterliche Stadt Caen sowie die umliegenden Dörfer, Städte und auch das Gelände wurden durch das alliierte Bombardement, den Artilleriebeschuss und die Kämpfe zum Großteil zerstört. Der Wiederaufbau des zerstörten Caen dauerte von 1948 bis 1962.

Die Einnahme von Caen war bereits am *D-Day* das Ziel der britischen 2. Armee gewesen. Die Kontrolle über Caen und das Umland hätte den Alliierten den Bau von Landebahnen für Nachschubflugzeuge bzw. die Nutzung des Flugfeldes bei Carpiquet ermöglicht. Darüber hinaus wäre die Überquerung des Flusses Orne durch die Einnahme der Stadt und ihrer Brücken erleichtert worden.

Da es aber den Briten und Kanadiern aufgrund des starken deutschen Widerstandes nicht gelang, die Stadt in den ersten Tagen der Invasion unter ihre Kontrolle zu bringen, befahl Montgomery mehrmals Angriffe auf Caen und dessen Umland. Diese Operationen sollten nebenbei dem Zweck dienen, die deutsche Wehrmacht vom US-amerikanischen Sektor abzulenken und ihr dementsprechend einen Hauptangriff im britischen Sektor vorzutäuschen.

Unterdessen sabotierte die französische Résistance während der alliierten Operationen strategisch wichtige Schlüsselpunkte der deutschen Verteidigung, wie beispielsweise Eisenbahnlinien oder Straßen.

Bocage-Landschaft

Das Kampfgebiet bestand zum Teil aus einer Bocage-Landschaft mit vielen Feldern, kleinen Wegen, Flüssen und Bächen, die gute Verteidigungspositionen boten. Überlebende alliierte Soldaten berichteten, dass jedes einzelne Feld in heftigen Kämpfen erobert werden musste. Daneben war für Panzer sehr gut befahrbares Gelände vorhanden, was für die Alliierten wie auch für die Deutschen von großer Bedeutung war.

Caen war für die Abstimmung der deutschen *7. Armee* und *15. Armee* im Pas-de-Calais äußerst wichtig. Nahmen die Alliierten Caen ein, dann würde ein Rückzug der deutschen Truppen von der Kanalküste unvermeidbar werden, um eine Verbindung zwischen ihnen aufrechtzuerhalten.

Ein Rückzug entsprach aber keineswegs den Vorstellungen Adolf Hitlers, der befohlen hatte, jeden Meter Land zu verteidigen und zu halten. Aus diesem Grund konzentrierten die Deutschen ihre Streitkräfte im Gebiet um Caen. Sie verlegten 150 schwere und 250 mittlere Panzer in das Caen-Gebiet, jedoch lediglich 50 mittlere Panzer und 26 Panzerkampfwagen V Panther in das Gebiet der amerikanischen Verbände.

Quelle: https://de.wikipedia.org/wiki/Schlacht_um_Caen#Die_Operation_Epsom_.2825._bis_30._Juni.29

Lizenzbedingungen: http://creativecommons.org/licenses/by-sa/3.0/deed.de

Bis auf historische Persönlichkeiten sind alle Namen frei erfunden. Jegliche Ähnlichkeiten mit realen Personen wären rein zufällig.

Der Romanteil spiegelt die damaligen Ereignisse aus der Sicht zweier Angehöriger der *12. SS-Panzer-Grenadier-Division „Hitlerjugend"* wider.

Todesacker Normandie – Feuertaufe der SS-Division „Hitlerjugend"

Günther Metz schnellte nach oben und riss die Augen auf. Es war mitten in der Nacht und stockduster. Er hatte tief und fest geschlafen. Entsprechend benommen versuchte er seine Gedanken zu ordnen. Der Achtzehnjährige blieb für ein paar Sekunden regungslos sitzen. Was hatte ihn geweckt und aus seinen Träumen gerissen?

Nach und nach wich die Schlaftrunkenheit und der glasklare Verstand des frisch gebackenen Panzerfahrers begann zu arbeiten. Im Flur des Kasernengebäudes herrschte Tumult.

„Alarm!", brüllte jemand.

Der Ruf war Metz durch Mark und Bein gegangen. Augenblicklich war der junge Soldat hellwach. Jegliche Müdigkeit war mit dem einen Wort verschwunden.

Alarm, wiederholte er im Stillen. *Sie kommen!*

Günther Metz stand auf. Er fühlte sich wie elektrisiert.

Auch seine Stubenkameraden waren aufgewacht. Einer von ihnen schaltete in der Stube das Licht an. Fast gleichzeitig flog die Tür auf. Der Sturmmann vom Dienst stand im Türrahmen. „Raus! Alle Antreten! Die Alliierten landen in der Normandie! Alarm", schrie er ins Zimmer. Die Stimme überschlug sich dabei. Das Gesicht sah angespannt aus, die Augen spiegelten eine Mischung aus Angst und Aufgeregtheit wider. Die Meldung war gerade über die Lippen des SS-Mannes gekommen, als er auch schon wieder weg war. Die Tür stand weiterhin offen. Vom Flur drang die Geräuschkulisse umherlaufender Soldaten herein. Hier klapperte es, dort trommelten schnelle Schritte auf harten Steinboden. Wortfetzen waren zu verstehen. Alles glich einer halbwegs geordneten Panik. Ein paar Männer rannten vorbei. Sie stopften ihre Unterhemden in die Hosen und trugen die Oberbekleidung in den Händen.

Metz zog hastig seine Uniform an und schlüpfte in die Stiefel. „Sagt mal, Kameraden, habe ich das richtig verstanden? Die Alliierten landen in der Normandie?"

Heinrich Pfeffer, der im Panzer IV als Richtschütze eingesetzt war, schmierte sich etwas Pomade ins abstehende Haar. „Jede Nacht explodiert mein Kopfkissen", murmelte er dabei. Als die Haare glatt an der Kopfhaut lagen und das Fett im Licht der Glühbirne schimmerte, wandte er sich vom Spiegel ab. Er blickte Metz an. „Genau das hat er gesagt! Sie landen!"

Der Ladeschütze Rolf Panotka sah Unterscharführer Michael Lümmer, ihren Panzerkommandanten, vorbeilaufen. „Wir müssen uns beeilen! Schneller!", rief dieser in die Stube ohne stehen zu bleiben.

Pfeffer verlor seine Gelassenheit. „Kameraden, das ist keine Übung. Wir sollten uns beeilen!"

„Beeilt euch! Wenn Michael so einen Druck macht, ist es wirklich ernst", fügte Metz hinzu.

„Mit oder ohne Jacke?", murrte Kurt Hagedorn, der Funker und fünfte Mann der Besatzung des Panzers IV.

Er bekam keine Antwort. Seine Stubenkameraden hatten sich bereits auf den Flur begeben. Sie trugen allesamt ihre Feldblusen. Also schlüpfte der Jüngste der Panzerbesatzung ebenfalls in die bequeme Panzerjacke in Tarnmusterausführung. Bei drei Besatzungsmitgliedern seines Panzers passten die Tarnmuster von Bluse und Hose nicht zusammen, eines war *„Eichenlaub"*, das andere *„Rauchtarnmuster"*, doch es war ihnen egal. Sie hatten sich längst daran gewohnt unterschiedliche Blusen zu tragen und waren froh, nach einigen anfänglichen Problemen, zumindest die aus Reststoffen gefertigten Uniformteile zugeteilt bekommen zu haben.

„Alles besser als der Drillich", hatte Lümmer gesagt und sprach aus, was sich alle dachten, denn der einteilige Arbeitsdrillich, den sie während der gesamten Ausbildung trugen, war sehr unpraktisch. Allein der Gang zur Toilette war eine Qual. Man musste sich zur Verrichtung der Notdurft komplett aus dem Einteiler schälen.

Mit offener Bluse eilte Hagedorn seinen Kameraden nach. Ein hastiger Blick auf die Armbanduhr. Es war 2.30 Uhr morgens. Er holte auf. Die jungen Männer zwängten sich durch die Doppelflügeltür zum Hof und sie erreichten den Antreteplatz vor dem Gebäude. Scheinwerfer erhellten die Nacht. Der Vollmond war zu sehen. Die Panzerbesatzung sickerte in das Gewühl von Soldaten. Alles wirkte wie ein aufgescheuchter Ameisenhaufen, doch binnen kürzester Zeit standen die jungen SS-Männer im Karree und richteten sich jeweils nach dem ersten Mann aus.

Offiziere unterhielten sich aufgeregt. Zwei Melder rasten auf ihren Motorrädern davon. Der Spieß stand nur mit Unterhemd und Hose bekleidet vor den Männern. Günther Metz zweifelte sogar daran, dass der Kompaniescharführer Socken trug. Dennoch strahlte der Spieß pure Autorität aus. Sein gebrülltes: „Achtung!", ließ alle Panzermänner augenblicklich stramm stehen. Jegliche Nebengeräusche sowie Getuschel verstummten schlagartig.

Die gesamte Division befand sich seit geraumer Zeit in Alarmbereitschaft. Das sog. große Gepäck war bereits beim Tross und dort fein säuberlich auf Lastwagen geladen und verstaut. Die Fahrzeuge waren komplett gewartet und betankt. Panzer und Schützenpanzerwagen zusätzlich mit Munition und Granaten aufgerüstet. Die Soldaten der Waffen-SS mussten lediglich ihr kleines Gepäck, wie z.B. Waschutensilien zusammenpacken und sich zu den Fahrzeugen begeben. Sie konnten binnen kürzester Zeit an diverse Brennpunkte verlegen.

Gespannt lauschten die jungen Männer den Worten ihres Ia, Obersturmführer Demmler, der damit begann, die Abwesenheit des Chefs zu erklären. Seine Worte brannten sich im Kopf von Metz ein.

„... wurde gemeldet, dass der Feind auf breiter Front in der Normandie landet. Nachdem mehrere alliierte Bomberverbände diverse Ziele entlang der Küste der Normandie angegriffen haben, kommen sie mit Luftlandetruppen ... an mehreren Küstenbereichen werden Kämpfe gemeldet ..."

Es geht los, schoss es Metz durch den Kopf.

„.... werden wir in das Einsatzgebiet verlegen! Der Marschbefehl wird in Kürze gegeben! Packen Sie zusammen!"

Das Kommando wurde wieder dem Spieß, Oberscharführer Hartwig, übergeben, der Ia eilte in Richtung Stabsgebäude davon. Der Ton wurde etwas väterlicher. Der Kompaniescharführer war ein altgedienter Soldat, der bereits mit dem *Eisernen Kreuz der II. und der I. Klasse* dekoriert war. Hartwig ging die Reihen ab. Er wollte so deutlich und direkt wie möglich sein. „Kameraden, wenn wir im Einsatz sind, habt ihr euch zu benehmen, wie es sich gehört. Es kann passieren, dass wir tagelang von unserem Versorgungstross abgeschnitten sind. Es kann auch sein, dass wir uns dann selbst versorgen müssen! Und dann wird es sich zeigen, wer es wert ist diese Uniform zu tragen und wer nicht! Euch steht es zu, euch im Not- oder Bedarfsfall selbst zu verpflegen. Ihr könnt z.B. bei einem Bauern Brot kaufen, tauschen und wenn es nicht anders zu bekommen ist, auch mal so mitnehmen, aber wenn ihr plündert ...", er machte eine Pause und sah tief in die Augen der Leute. Hartwigs Blick wurde ernst und wenn man in seine Augen spähte, war der Blick sogar furchteinflößend. Die entsprechende Mimik unterstrich das düstere Schauen. „... dann Gnade euch Gott. Eine alte Uhr, einen Silberlöffel oder was sonst auch ...", die Worte wurden langezogen, „... wenn so etwas bei euch entdeckt wird, ist es vorbei. Ich lasse euch verhaften und den Prozess machen! Und zwar auf der Stelle! Ebenso verhält es sich mit den Frauen. Ihr wisst schon, was ich meine! Wenn mir diesbezüglich etwas zugetragen wird, werde ich dafür sorgen, dass ihr sofort standrechtlich erschossen werdet! Und wenn sich kein Freiwilliger dafür findet, übernehme ich es persönlich!"

Die Warnung war deutlich. Jeder Plünderer oder Frauenschänder kam unverrichteter Dinge vors Kriegsgericht.

„Geht und packt alles zusammen", sagte der Spieß nach einer kurzen Pause. Jetzt war Hartwigs Tonfall wieder väterlich und ruhig. „Ich habe dafür gesorgt, dass Kaffee und Tee gekocht wird. Zusammen mit den Heißgetränken wird Kaltverpflegung ausgegeben. Ich erwarte, dass wir binnen einer Stunde abmarschbereit sind! Wegtreten!"

Die Soldaten der *12. SS-Panzer-Division „Hitlerjugend"* ahnten in diesem Moment nicht, was sich vor der Küste der Normandie abspielte. Selbst in ihren kühnsten Vorstellungen fände die Armada an Menschen und Material, die sich von England kommend auf das Festland zubewegte, keinen Platz. Es war der 6. Juni 1944. Die Alliierten begannen mit der *Operation Overlord*, welche zum Ziel hatte, die deutsche Besatzungsmacht aus Frankreich zu vertreiben und dort eine feste Basis für die westlichen Alliierten einzurichten. Ein Teilunternehmen hiervon war die *Operation Neptune*, die Invasion in der Normandie und der Ausbau von Brückenköpfen. Die Invasion auf dem europäischen Festland begann mit Bombenangriffen der alliierten Luftwaffe entlang der gesamten Küste der Normandie. Danach landeten in mehreren Wellen Fallschirmjägereinheiten, um Brücken und strategisch wichtige Punkte mit dem Ziel einzunehmen, diese so lange zu halten, bis Verstärkung der regulären Landetruppen eintrifft. Gegen 3.00 Uhr gingen die Kriegsschiffe der Verbündeten in Position, um mit ihrer Schiffsartillerie die Küstenbefestigungen zu beschießen, während die Bomberstaffeln erneute Angriffswellen flogen. Diesmal waren die ausgesuchten Landungsabschnitte ihr Ziel.

Während sich die alliierten Landungstruppen in die Boote begaben, überschlugen sich die eintreffenden Meldungen bei den deutschen Verteidigern. Wie ein gigantischer Tsunami bewegte sich eine Masse an Schiffen und Menschen auf die Küste der Normandie zu.

Seit Stunden läuteten die Fernsprecher unaufhörlich. Die Nachrichter arbeiteten fieberhaft. Meldungen wurden notiert und weitergegeben. Befehle, Anordnungen, Informationen kamen rein und gingen raus. Höchste Konzentration war gefragt. Man verstand oft sein eigenes Wort nicht mehr.

Wieder schrillte eines der Telefone schier unaufhörlich. Einer der Nachrichtensoldaten griff zum Bakelithörer und meldete sich. Er kam gar nicht dazu auszusprechen, sondern stieß ein: „Jawohl … sofort", aus und gab das Gespräch unverzüglich weiter. „Der Divisionsstab", flüstere er, „… ist wichtig!"

Der erfahrene Nachrichter hatte an der Stimmlage des Anrufers erkannt, dass es diesmal besonders dramatisch war. Innerlich spürte er einen leichten Krampf in der Magengegend. Der Blick des Telefonisten wanderte zur großen Wanduhr. Es war 4.25 Uhr. Es ging los, dessen war er sich völlig sicher. So eine Nacht hatte er noch nie erlebt. Zwei Minuten später mussten sämtliche Nachrichter geweckt werden.

„Und wenn ich sage alle, dann meine ich auch alle!", brüllte der Offizier, dem er das Gespräch übergeben hatte.

Alle saßen vor ihren Telefongeräten, Fernschreibern oder Funkgeräten. Die Gesichter wirkten aufgeschreckt. Die Nachrichter wussten, dass dieser Anruf etwas ganz Besonders war. Die *12. SS-Panzer-Division „Hitlerjugend"* erhielt ihren Marschbefehl.

Günther Metz dachte an seinen Zwillingsbruder Horst, der ebenfalls bei seiner Division diente. Jedoch war Horst Metz nicht bei den Panzern, er war als Pionier ausgebildet worden und verrichtete im *SS-Panzer-Pionier-Bataillon 12* seinen Dienst. Im Gedanken flüsterte er seinem Bruder einen stillen Gruß zu, dann tauchte der Panzer IV im Blickfeld des schnell über den Hof laufenden jungen Mannes auf.

Sie hatten den Stahlkoloss auf den Namen *Luise* getauft. Jede Besatzung war dazu geneigt, ihren Fahrzeugen Kosenamen zu geben, die auch im Einsatz so gerufen wurden. Während einige auf Tierarten zurückgriffen und *Falke* oder *Adler* bevorzugten, einigte man sich in der Kompanie von Günther Metz auf Vornamen von Frauen. Alle fanden

den Vorschlag von Kurt Hagedorn witzig, der die rund 25 Tonnen Stahl nach seiner Tante Luise benennen wollte. „Sie ist fast genauso schwer und rund ...", hatte er gesagt, stand auf und machte mit einen Armen eine kreisrunde Bewegung. „... und außerdem hat sie ein soooo großes Herz. Luise würde uns alle gern haben und keinen im Stich lassen."

Seither wurde der Panzer *Luise* genannt.

Gigantisch hob sich der Panzer IV vom Mondlicht ab. Die lange KwK 40/L48 des Modell „H" ragte wie eine Lanze nach vorn. Die Silhouette war so beeindruckend, dass Metz am liebsten voller Stolz und Ehrfurcht einen Moment verharrt und Luise angestarrt hätte, doch hierfür war keine Zeit. Hagedorn stieg bereits durch seine Luke auf den Platz des Funkers, der sich vorne rechts befand. Metz hatte als Fahrer ebenfalls eine eigene Einstiegsluke. Sein Platz war im Panzer IV vorne links. Wie bei fast allen anderen deutschen Panzern auch, befanden sich die Plätze des Ladeschützen rechts, die des Richtschützen links der Hauptwaffe. Beide hatten seitlich des Turms Ausstiegsklappen. Wie beim Fahrer und Funker waren auch hier Sehschlitze eingebaut, die mit einer stählernen Schutzklappe geschlossen werden konnten. Der Platz des Kommandanten befand sich mittig im Turm, hinter der Waffe. Fahrer, Funker und Kommandant kommunizierten über Funk per Kehlkopfmikrofon, welches an die Funkanlage angeschlossen war. Sie trugen hierfür einen Kopfhörer.

Metz zwängte sich durch die Einstiegsluke. Sofort setzte er den Kopfhörer auf und warf einen Blick auf die Instrumentenanzeige. Jedes der fünf Besatzungsmitglieder richtete sich ein und hantierte ein wenig herum. Kaum war Metz fertig und lugte durch den Sehschlitz, wurde auch schon das Kommando zum Abrücken gegeben. Das Dröhnen und Brummen der schweren Maybach-Motoren begrüßte die aufgehende Sonne.

Zwischenzeitlich war bekannt gegeben worden, dass nordwestlich von Caen, links und rechts der Seine-Mündung, alliierte Truppen gelandet waren. Als Marschziel des einsatzbereiten *Panzer-Grenadier-Regiments 26*, mit der *I. Abt./12. SS-Panzer-Regiment*, war die rund 160 km entfernte Calvados-Küste angegeben. Feldgendarmen und abgestellte Kradschützen der Waffen-SS wiesen die Strecke aus. An Kreuzungen waren eilig Wegweiser errichtet oder Militärpolizisten postiert worden.

Bild 101 I – Propagandakompanien der Wehrmacht - Heer und Luftwaffe, Arbeitstitel: Frankreich.- Panzer IV (Ausführung J mit Seitenschürzen an Wanne und Turm) der 21. Panzerdivision, getarnt beim Marsch auf einer Landstrasse; PK Lfl 3, Juni 1944, Fotograf: Siedel, Bundesarchiv, Signatur: Bild 101I-493-3356-03

Verteilt auf eine Länge von rund 25 Kilometern, bewegte sich die Schlange aus Panzern, Schützenpanzerwagen, Kradgespannen, Lastwagen, Zugmaschinen mit angehängten Kanonen, gefolgt von kleineren und größeren Trossfahrzeugen, auf ihr Ziel zu. Zwischen den einzelnen Kompanien, sowie zwischen den einzelnen Zügen wurde der notwendige Sicherheitsabstand eingehalten.

Den Zug von Metz befehligte Oberscharführer Resch, der Kompanieführer war Sturmführer Bonhof. Metz war zufrieden. Der Panzer lief ruhig und zeigte keinerlei Mängel. Er liebte den Panzer IV und fühlte sich im Bauch von Luise sicher. „Ich bin heilfroh, dass ich kein Infanterist bin", brach er nach mehr als einer Viertelstunde das Schweigen an Bord.

„Das kommt wohl daher, dass du von Geburt an etwas faul bist", verhöhnte ihn Unterscharführer Lümmer scherzhaft.

„Das hat doch mit Latschen nichts zu tun", konterte Metz, „das hat was damit zu tun, dass ihr alle unfähig seid, Tante Luise richtig zu fahren! Ohne mich müsstet ihr Schieben."

Lümmer und Hagedorn schmunzelten.

„Scherz beiseite", fuhr Lümmer fort, „ich weiß, was du meinst. Hier drinnen sind wir sicherer als der Grenadier draußen."

„Genau das meine ich."

Eine Minute schweigen.

„Und natürlich hat es auch ein klein wenig damit zu tun, dass ich nicht die ganze Strecke laufen muss", schob Metz nach, fing zu lachen an und steckte Hagedorn und Lümmer an. Trotz des Ernstes der Lage, ließen sie sich ihre Fröhlichkeit nicht nehmen. Vielleicht überspielten sie damit auch nur eine gewisse Nervosität.

Die jungen Soldaten des Geburtsjahrgangs 1926 stammten allesamt aus der Hitlerjugend. Sie waren mit der Ideologie des Nationalsozialismus aufgewachsen. Es war ihre Welt und im Glauben das Richtige zu tun und dem einzig Wahren zu dienen, waren sie auch bereit, fanatisch dafür zu kämpfen und ihr Leben zu lassen.

„Also doch! Du bist zu faul zum Marschieren!"

Sie gehörten zur *I. Abteilung des SS-Panzer-Regiments 12* und waren dem *Panzer-Grenadier-Regiment 26*, befehligt von Obersturmbannführer Mohnke, zugeteilt. Die Kolonne kam zügig voran, hatte aber wegen der weiteren Anfahrt noch größeren Abstand zum Zielort als das *Schwesterregiment 25*, mit der zugeteilten *II. Abteilung des SS-Panzer-Regiments 12*.

Als gegen 6.30 Uhr der Befehl zum Halten gegeben wurde, blickten sich alle nur fragend an. Sturmführer Bonhof ordnete an, dass sich seine Kompanie vorwiegend in Waldstücken unterstellen sollte. Diese Vorgehensweise war zum Schutz vor den feindlichen Jagdbombern notwendig. „Die richtige Tarnung entscheidet oftmals über Leben und Tod", war der Leitspruch des Kompaniechefs.

Oberscharführer Resch fand die richtige Stelle. Die vier Panzer seines Zuges verließen die Straße, folgten für zwei Kilometer einem Feldweg und konnten direkt in ein kleines Wäldchen einfahren. Waldarbeiter hatten hier breite Breschen hinterlassen. Das Blätterdach war dicht und nur zwei der Panzerbesatzungen mussten zusätzlich Grünzeug auf ihre Fahrzeuge legen, um von oben nicht entdeckt zu werden.

Panotka und Pfeffer saßen neben dem Panzer auf einem Baumstumpf und rauchten. Resch sprach mit seinem Nachrichter und rief dann die vier Kommandanten zu sich.

Metz machte es sich neben seinem Einstieg auf dem Panzer bequem. Er schlürfte etwas kalten Kaffee, stellte den Becher zur Seite und kramte in seinem Brotbeutel herum. Schließlich schnitt er sich eine Scheibe von einem Kommissbrot ab, schmierte etwas Margarine und Marmelade darauf und biss hinein. Schnell schlang er den ersten Happen hinunter. „Vorhin hatte ich einfach keinen Appetit. Jetzt könnte ich ´ne halbe Sau aufessen", sagte er und biss ein zweites Mal in sein Brot. Immer noch kauend nahm er einen weiteren Schluck vom kalten Kaffee.

Panotka blies den Rauch seiner Zigarette aus, drückte den Stummel am Baumstumpf aus und trat die Kippe tief in den weichen Waldboden. „Damit hier nichts zu brennen anfängt", erklärte er.

Hagedorn kam vom Austreten zurück und sah Metz essen. „Günther macht es genau richtig. Ich werde auch was von der kalten Brühe trinken und was futtern. Wer weiß, wann wir wieder ´ne Pause einlegen werden", beschloss Hagedorn, kletterte auf den Panzer und verschwand in seiner Einstiegsluke. Nur Minuten später saß er neben dem Fahrer und frühstückte ebenfalls.

Lümmer kam zurück. „Leute! Kommt alle mal her!", rief er seine Besatzung zusammen. „Resch hat uns die neuesten Informationen mitgeteilt. Wie es aussieht, ist der Misthaufen an der Küste total am Dampfen", begann er und setzte sich zu den beiden Rauchern. Allerdings nicht auf den Stumpf, sondern auf den daneben liegenden Stamm.

Hagedorn und Metz sprangen vom Panzer und hockten sich vor ihrem Kommandanten auf den Boden. Lümmer zog seinen Tabaksbeutel aus der Feldbluse. Er öffnete ihn, buhlte etwas Tabak in seine Hand, fingerte ein Zigarettenpapier heraus und ließ den Beutel wieder in der Feldbluse verschwinden. Geschickt legte er den Tabak in das Papier und kurbelte es zwischen beiden Daumen und Zeigefingern herum, bis er eine gut geformte Zigarette in der Hand hielt. Anschließend fuhr er mit der Zunge über den nach oben stehenden Papierrand. Mit der feuchten Seite schloss er die Zigarette mittels einer letzten Drehung. Dann steckte der Panzerkommandant die filterlose Zigarette in den Mund. Die Flamme eines Sturmfeuerzeugs wurde ans Ende des Glimmstängels gehalten und bläulicher Dunst stieg auf. Der Unterscharführer wirkte leicht angespannt. Er sog den ersten Zug tief in seine Lunge und behielt den Rauch für einen Moment im Atemorgan. Es war, als hielt er hierfür die Luft an. Nun blies er ihn langsam aus, um erneut einen Zug zu nehmen. Erst dann sprach er weiter, wobei bei jedem Wort blauer Dunst aus dem Mund quoll und nach oben wegschwebte. „Nachdem die Alliierten die gesamte Küste der Normandie bombardiert und Luftlandeeinheiten abgesetzt hatten, sind sie mit Landungsbooten von der Nordsee her gekommen."

Stille.

„Sie sind gelandet, Kameraden!"

Metz sah auf seine Uhr. Es war kurz nach 8 Uhr morgens. „In der Normandie? Hieß es nicht, dass die Landung ...", er brach ab und schüttelte den Kopf. „Tolle Aufklärung", sagte er kaum hörbar und voller Ironie.

„Amis, Tommys und Kanadier! Sie kommen und suchen die Entscheidung in diesem Krieg!"

„Was machen wir dann noch hier?", pulverte Panotka heraus. „Wir sollten schleunigst dorthin verlegen und sie zurück ins Meer befördern!"

„Rolf hat recht", schimpfte Heinrich Pfeffer. „Worauf warten wir hier noch?"

„Das haben wir auch gerätselt. Die Führung ist sich wohl noch nicht sicher, ob es sich hier um ein schwach angelegtes Täuschungsmanöver handelt und die eigentliche Invasion ganz woanders erfolgt!"

Fragende Blicke.

„Verstehe", entfuhr es Panotka. Er kratzte sich am Hinterkopf. „Und wir müssen natürlich dorthin, wo es am heißesten brennt!"

„Richtig!"

„Was ist mit unserer Aufklärung los? Wieso wissen die nicht, dass die Amis und Tommys landen?" schimpfte Hagedorn. „Die werden doch nicht mit nur zwei oder drei Kompanien anrücken, sondern mit ´ner ganzen Horde! So was muss man doch sehen!"

Pfeffer stimmte ihm zu. „Kurt hat da nicht ganz unrecht."

Die kleine Gruppe diskutierte hitzköpfig weiter. Schließlich war über eine Stunde vergangen. Erst dann wurde ihnen bewusst, wie lange sie schon pausierten. Lümmer erkundigte sich bei Resch, ob sie sich nicht langsam wieder startklar machen sollten. Oberscharführer Resch nahm Kontakt mit Sturmführer Bonhof auf. Nach der Antwort legte er kopfschüttelnd das Mikrophon wieder aus der Hand. „Wir sollen warten!"

Jetzt begann ein Nervenkrieg. Einerseits waren sie alarmiert und sollten den Feind zurück in den Kanal stoßen, andererseits verurteilte man die Landser der Division *Hitlerjugend* zum Warten.

Zwanzig Minuten später hörten sie Motoren. Eine kleine Fahrzeugkolonne bog von der Straße kommend ab und fuhr genau auf sie zu.

„Das ist unser Tross", rief jemand.

Als die nachgerückten Kameraden ihre Fahrzeuge abgestellt hatten, wurde spärliches Wissen ausgetauscht. Die Panzermänner erfuhren, dass es an der gesamten Küste der Normandie brannte.

„Engländer, Kanadier, Amis … Panzer, Artillerie …", erzählte ein junger Unterscharführer, der sein Wissen von einem guten Freund aus dem Stab haben wollte. Noch während er erzählte, arbeiteten seine Männer an der Tarnung der Fahrzeuge und banden büschelweise Grünzeug fest.

„Was wird das?", fragte Resch.

Der Unterscharführer antwortete nicht, sondern betrachtete die Panzer. „Schaut zu, dass ihr euch tarnt. Ich habe meine Leute hierher fahren lassen, weil wir uns als Buschreihe tarnen, wenn die Jabos kommen!"

„Buschreihe?", unkte Resch.

„Lach nur, Kamerad! Wenn dir die ersten Bomben um die Ohren fliegen, würdest du dir wünschen, deine Panzer würden von oben aussehen wie rollende Büsche!"

Resch nickte. „Die Idee ist sehr gut."

Prompt drehte er sich um. „Männer! An die Arbeit. Schmückt die Panzer mit Grünzeug!"

Zwei Stunden später wurde endlich das Kommando zur Weiterfahrt gegeben. Die gesamte Division wurde zwar immer noch wie eine eiserne Reserve behandelt, durfte sich jedoch zumindest langsam weiter in Richtung Calvados-Gebiet bewegen.

„Wenigstens mein Guckloch ist frei", sagte Metz und lenkte den schweren Panzer IV zurück auf die Straße.

Der Stahlkoloss war, wie alle anderen Panzer auch, über und über mit Laubwerk und bedeckt. Beinahe in jeder Nische waren Äste eingekeilt oder angebunden und von weitem sahen die Kampfwagen tatsächlich aus, als wären es rollende Büsche.

Bild 101 I – Propagandakompanien der Wehrmacht - Heer und Luftwaffe, Arbeitstitel: Frankreich, Normandie.- Stark getarnter Panzer IV in Deckung; PK Fs AOK, Sommer 1944, Fotograf: Reich, Bundesarchiv, Signatur: Bild 101I-586-2215-34A

Es dauerte noch einmal fünf Stunden, bis man begriff, dass man aufgrund der Invasion in der Normandie adäquat reagieren musste und zwar egal, ob es sich bei der Landung um ein Täuschungsmanöver handelte oder nicht.

Am 6. Juni 1944 wurde erst gegen 15.00 Uhr der Eingreifbefehl an die *12. SS-Panzer-Division „HJ"* ausgegeben. Erste Teile gingen bereits im Umland von Caen in Stellung, während sich das *SS-Panzer-Grenadier-Regiment 26* mit der *I/SS-Panzer-Regiment 12* noch auf der Anfahrt befand.

Immer wieder mussten die Kampfwagen in Deckung bleiben, da feindliche Jagdbomber am Himmel auftauchten. Auch der Strom an Menschen, die aus dem Kampfgebiet flüchteten, verstopfte die Straßen. Von den Fahrern wurde alles abverlangt. Teilweise schrammten sie nur um wenige Millimeter mit ihren eisernen Festungen an Wagenladungen voller Flüchtlingen vorbei.

„Das sind schon arme Schweine", sagte Lümmer, als zum wiederholten Mal ein Pferdefuhrwerk betrachtete. Diesmal saß eine sechsköpfige Familie in dem Gefährt. Die Kinder starrten stumm vor sich hin, ein Säugling wurde in den Armen der Mutter gehalten. Auf dem Wagen befand sich das ganze Hab und Gut Menschen. Die Gesichtszüge des Vaters wirkten wie versteinert. Er vermied es, in die Gesichter der deutschen Soldaten zu blicken. Lümmer stand im Turm und fragte sich, wer an alledem Schuld war. Waren es sie, die hier im fremden Land waren? Waren die Alliierten, die gerade dabei waren zu landen und den Krieg nach Frankreich zu tragen, oder waren es deren Väter, die Deutschland mit dem Versailler Vertag knebelten? *Selbst Schuld! Wir befreien uns nur von dem Joch des Versailler Vertrag*s, meinte er abschließend und versuchte an etwas anderes zu denken.

Es hatte sich bewahrheitet. Die Invasion fand statt. Heute und in der Normandie! Die Meldungen überschlugen sich und jede Stunde schien die Katastrophe anzuwachsen. Amerikaner, Briten und Kanadier, unterstützt von Polen und freien Franzosen waren nach guter Vorbereitung an Land gegangen. Immer mehr Menschen und Material wurden aus Bäuchen von Schiffen gepumpt und an die Küste gebracht. Einzelne Brückenköpfe hatten den Meldungen nach bereits einen Durchmesser zwischen 10 und 15 km erreicht.

Es war schon spät am Nachmittag. Reschs Zug rastete gerade in einem kleinen französischen Dorf. Die Tanks der Panzer waren fast leer und sie warteten auf die Trossfahrzeuge mit den Tankwagen. Der Oberscharführer stand neben dem vordersten Panzer und verhandelte mit einem Bauern. Dieser hielt einen Korb voller Äpfel hin und legte zwei Flaschen Cidre oben darauf. Nach einigem Feilschen nickte Resch und übergab dem Franzosen etwas Geld und eine Schachtel Zigaretten. Er hörte etwas Ungewöhnliches und blickte besorgt in den Himmel. Der Wind trug Motorengeräusche vor sich her. „Verdammt und zugenäht! Da kommen Jabos!", stieß er aus. „Wir müssen raus aus dem Dorf, sonst machen die Flieger alles nieder!"

Der Bauer sah die Panik in Reschs Augen, blickte ebenfalls in den Himmel und entdeckte die stecknadelkopfgroßen Punkte am Firmament. Augenblicklich erkannte er die Gefahr.

Hektisch wurden die Motoren der Panzer angelassen. Immer wieder gingen die Augen der Panzermänner nach oben. Der Pulsschlag erhöhte sich. Schweißperlen schossen aus den Poren. In dem Moment, als Metz losfahren wollte, kam das Kommando: „Motoren aus!"

Er verstand die Welt nicht mehr. „Was soll das?", fragte der Bordfunker den Kommandanten.

Lümmer zuckte nur mit den Achseln. „Keine Ahnung!"

Die Lösung war einfach. Sie hatten pures Glück. Die Rotte der Jagdbomber sichtete auf der Landstraße einen anderen Zug Panzerfahrzeuge, drehte vor dem Dorf ab und griff an. Die Detonationen konnte man bis zu ihnen hören. Schwarze Rauchsäulen stiegen nach oben.

„Sie hatten Erfolg", presste Lümmer wütend hervor.

Die Rotte kurvte ein zweites Mal um ihr Ziel. Wieder senkten sich die Nasen der Flugzeuge. Maschine für Maschine schoss pfeilartig nach unten, beschoss die kleine Panzerkolonne und zog wieder nach oben. Gebannt vom Schauspiel des Krieges hielt Resch sein Fernglas an die Augen. Eines der Jagdflugzeuge zog einen dunklen Schweif nach sich. „Sie haben einen von ihnen getroffen!"

Das typische „Hurra" erklang nicht. Ein letztes mulmiges Gefühl kam stattdessen auf, als die Flugzeuge wieder in Formation zu sehen waren, doch offensichtlich hatten sie ihre Munition verbraucht und kehrten zu ihrem Flugplatz zurück. Jedenfalls drehten sie ab.

„Wir sind im Krieg angekommen, meine Herren", tönte Resch. „Motoren an! Wir warten vor dem Dorf im Wald!"

Die Kiste mit den Äpfeln und den beiden Flaschen Cidre ließ er stehen.

In der Nacht vom 7. auf den 8. Juni erreichte der Metz' Zug die Front. Das *Regiment „Mohnke"* mit der zugeordneten *I. Panzer-Abteilung der „HJ"* wurde links neben ihrem Schwesterregiment eingesetzt und ging südwestlich von Caen in Stellung. Als sie über das Ausmaß der Invasion einen ersten Überblick bekamen, wussten sie über den Ernst der Lage Bescheid.

Mohnke erhielt den Befehl, den Sektor Saint Manvieu-Norrey – Le Mesnil-Patry bis Christot zu halten. Das *SS-Pionier-Bataillon 12* begann unverzüglich mit dem Bau von Verteidigungsstellungen.

Noch in der Nacht gleichen Nacht wurde zusätzlich beschlossen, einige von kanadischen Truppen besetzte Ortschaften zu befreien und so die Flanken des Gegners offen zu legen. Es war noch dunkel, als Sturmführer Bonhof in den frühen Morgenstunden des 8. Juni seine Zugführer informierte.

„Guten Morgen meine Herren, ich hoffe Sie haben gut geschlafen", begann er sarkastisch, denn keiner der Männer hatte länger als zwei Stunden geruht. „Uns gegenüber liegen kanadische Einheiten. Wir haben den Auftrag einige besetzte Dörfer zu befreien."

Die Befehle wurden weitergegeben und am Ende war es Oberscharführer Resch, der seinem Zug den Angriffsplan erläuterte. „Also Männer", fing Resch an. Die Männer des Zuges hatten sich um ihn herum aufgestellt. Vor dem Zugführer lag eine gezeichnete Skizze. „Wir haben es mit Kanadiern zu tun. Die *Royal Winnipeg Rifles* sitzen in Putoten-Bessin, so heißt das Kaff, das wir feindfrei zu machen haben. Unterstützt werden die *Winnepeg-Infanteristen* von Panzern der *1st Husaren*, soweit uns bekannt ist, soll sich auch eine Panzerjäger-Einheit in Putot-en-Bessin befinden. Die *1. Husaren* sind weitgehend mit Sherman oder Cromwell-Panzern ausgerüstet. Einige Shermans haben sie sogar zu Amphibienfahrzeugen umgerüstet", lachte er siegessicher. Resch war ein abgehärteter und erfahrener Soldat. Seine Selbstsicherheit übertrug sich auf die Soldaten seines Zuges. „Wie ihr bei der Anfahrt schon bemerkt habt, haben wir es hier in der Normandie mit einem ganz besonderen Gelände zu tun. Die Landschaft wird Bocage-Landschaft genannt."

Fragende Blicke, doch der Oberscharführer erläuterte den Begriff kurz. „So bezeichnet man ein Gebiet, das vorwiegend aus Feldern besteht, deren Grenzen durch Wallhecken, Straßen oder Bäche abgegrenzt ist. Die Wallhecken sind schier undurchdringbar, weil sie sehr oft neben Bäumen mit stacheligen Büschen bewachsen sind. Sie sind zwischen einem Meter breit und bis zu 4 Meter hoch. Da kommt kein Panzer und kein Soldat ohne weiteres durch und wenn wir unsere Verteidigung so aufbauen, dass wir das Gelände für uns nutzen, wird die Invasion hier an den Wallhecken enden!"

Es gab bislang keine Zwischenfragen. Resch merkte, dass er etwas vom Thema abgekommen war. „Entsprechend kann natürlich der Feind das Gelände für sich nutzen, insbesondere dann, wenn wir mit unseren Panzern nachsetzen wollen. Also aufpassen!", fügte er schnell an. „Im Morgengrauen werden wir vorrücken. Zwei Kompanien Grenadiere begleiten uns. Da wir höflich sind …", grinste der Oberscharführer beinah etwas hämisch, „… werden wir anklopfen, bevor wir eintreten. Ein paar Kanonen der Regiments-Ari wird das für uns vornehmen! Ihr seht, alles wird ein Kindespiel!"

Günther Metz fühlte sich allerdings gar nicht so, als ob ein Spiel stattfinden würde. Hochkonzentriert ging er mit den anderen Kameraden zum Panzer.

„Wir sollten Luise noch einmal prüfen", meinte Hagedorn. Der Bordfunker öffnete eine Dose Scho-ka-kola, nahm das letzte Stück Schokolade heraus und schob es sich in den Mund. „Noch ein Schub Energie für mich."

„Luise ist in Ordnung. Der Motor lief ruhig. Unsere Tanks sind fast voll und …"

„… und die Munition ebenfalls", fiel Panotka, der Ladeschütze ein. „Bist du nervös?", fragte er Hagedorn.

„Nö, nur aufgeregt!"

„Ich bin mal gespannt, ob Pfeffer seinem Namen alle Ehre macht und dem Ami Pfeffer unterm Hintern macht", lachte Panotka aus. Ihm schien der bevorstehende Kampfeinsatz nicht das geringste auszumachen.

„Es sind Kanadier und keine Amis", verbesserte Pfeffer.

„Ich hätte gern noch mal mit meinem Bruder gesprochen", sagte Metz und kletterte auf den Panzer IV.

„Er gehört zu unserer Einheit und müsste gerade dabei sein, den Spaten oder den Hammer zu schwingen", wollte Panotka beruhigen, doch es gelang nicht so richtig.

„Naja, ob Horst beim Stellungsbau gut aufgehoben ist, weiß ich auch nicht. Er ist von Natur aus ein Draufgänger. Abgesehen davon wurde er als Minenspezialist ausgebildet."

„Solange die Pioniere keinen Kampfauftrag haben, brauchst du dir keine Sorgen machen." Panotka stutzte ein wenig. „Oder ist es wegen dir? Hast du Angst, dass wir etwas abbekommen?"

Metz schüttelte den Kopf. „Ich werde bestimmt nicht zulassen, dass Luise auch nur einen Kratzer abbekommt! Ich bin ein teuflisch guter Fahrer und nehme es mit jedem Sherman, Cromwell oder was sie sonst noch aufbieten, auf!"

„Na also", klopfte Panotka seinem Fahrer auf die Schulter. „Dann kann ja nichts mehr schief gehen!"

Lümmer kam wie immer als Letzter. Wie gewöhnlich rauchte er

eine selbst gedrehte Zigarette. „Männer, in einer Stunde geht es los. Die Feldkanonen sind eingerichtet. Wir fahren auf der Straße vor und verteilen uns der Lage entsprechend", sagte er mit ernster Stimme. Unterscharführer Lümmer schnippte die Zigarettenkippe weg, sah auf die Leuchtzeiger seiner Armbanduhr und kramte seinen Tabaksbeutel hervor. „Eine geht noch, dann fahren wir in Position."

Bild 101 I – Propagandakompanien der Wehrmacht - Heer und Luftwaffe, Arbeitstitel: Frankreich, Rouen.- Panzer IV der 12. SS-Panzer-Division "Hitlerjugend" in Ortschaft; PK Lfl 3, Sommer 1944, Fotograf: Siedel, Bundesarchiv, Signatur: Bild 1011-493-3355-23

Es war ganz anders als sie es sich vorgestellt hatten. Zwar waren Metz und seine Besatzung innerlich aufgewühlt, doch jeder war mit seiner ureigenen Aufgabe derart beschäftigt, dass gar keine Zeit blieb, sich Gedanken über den unmittelbar bevorstehenden Kampf zu machen.

Es begann mit dem Donnern der Geschütze, dem Jaulen der Granaten und dem heftigen Einschlagen der krepierenden Geschosse.

Huiiit - Wumm

Die Haubitzen der Feldartillerie wuchteten Granate für Granate aus den Rohren. Das Grollen der Abschüsse drang in die Ohren und lag über ihnen wie ein tosendes Gewitter. Die Angriffsspitzen standen bereit. Der Funkverkehr geriet an die Grenzen seiner Kapazität. Kradschützen preschten mit ihren schnellen Gespannen vorbei. Halbkettenfahrzeuge, besetzt mit Grenadieren, ließen die Motoren an. Die erste Welle an Infanteristen hatte sich bereits nach vorn gepirscht und lag an zugeordneten Punkten vor den kanadischen Stellungen.

„Motoren anwerfen!"

Es ging los. Unweigerlich. Die Hand des Fahrers zitterte leicht vor Aufregung, als der Startknopf betätigt wurde. Der schwere Maybach dröhnte auf. Günther Metz spürte die Kraft von 300 PS unter seinem Sitz. Die gesamten 25 Tonnen Stahl schienen zu vibrieren. Das Sichtfeld durch den Sehschlitz war ausreichend. Im Grau des Morgens konnte Metz die Straße gut erkennen. Am Horizont flimmerte und zuckte es. Eine der deutschen Granaten hatte im Dorf sicherlich irgendetwas in Brand gesetzt.

„Vorwärts!", tönte Lümmers Stimme blechern über den Bordfunk. Ruckelnd fuhr Metz an und schaltete einen Gang höher. Der Panzer IV schob sich auf die Straße. Der Fahrer beschleunigte, hielt aber lehrbuchgemäß so viel Abstand zum Vordermann, dass man dem Feind kein kompaktes Ziel bot. Er zog den Knüppel rechts an und lenkte um eine Kurve. Mit dem rechten Fuß nahm er etwas Gas weg. Ihm kam es vor, als ob es im Sekundentakt heller wurde und sich die Sonne nur aus dem Grund neugierig nach oben schob, um dem grausigen Schauspiel des Krieges als Zuschauerin beizuwohnen. Ein Blick auf die Instrumententafel, die sich rechts oberhalb des Getriebes befand, beruhigte. Alles war in Ordnung.

Hagedorn hatte sich von der Einsatzbereitschaft des in der Kugelpfanne befindlichen MG 34 überzeugt. Etwas neben ihm quakte und knisterte. Der Funker konzentrierte sich auf den Funkverkehr.

Auch Panotka, der Ladeschütze prüfte ein letztes Mal seine Granaten. Er wollte in der möglichen Hektik des Kampfes keine falsche Granate laden. Langsam aber stetig wuchs der Pulsschlag jedes einzelnen Besatzungsmitglieds an. Je näher sie sich ihrem Einsatzgebiet näherten, desto komischer wurde das Gefühl in der Magengegend. Schweißperlen an den Stirnen und feuchte Hände bestätigten die allgemeine Nervosität vor dem ersten Kampfeinsatz. Vor wenigen Minuten noch weit weg, befanden sie sich plötzlich mitten im Kampfgeschehen. Die junge SS-Panzerbesatzung verließ sich auf ihren kampferprobten Kommandanten.

Lümmer hatte schon viel erlebt. Er würde sie führen, lenken und siegen lassen.

Längst war das Artilleriefeuer verstummt, ratterten Maschinengewehre und blitzte Mündungsfeuer in den kanadischen Stellungen auf. Das Gelände vor der Ortschaft war frei befahrbar. Hier befanden sich keine Wallhecken und kein Bach. Sie konnten sich bewegen, wie sie wollten. Ein großer Vorteil.

Wumm

Eine Granate bohrte sich donnernd abseits der Straße in die Erde. Ein prasselndes Geräusch wuchtete ungefährlich gegen die Seitenschürze des Panzers IV. Es waren Steine, Erdklumpen und Granatsplitter, die sich, begleitet von einem hässlich metallenen Schmirgelgeräusch, über die Stahlhaut des Kolosses schoben, ohne sie durchdringen zu können.

„Es geht los! Aufpassen!", mahnte Lümmer. „Rechts einschwenken!"

Sie mussten die Straße verlassen und über ein Weizenfeld fahren. Die schweren Ketten zermalmten die Ähren unter sich und legten eine unübersehbare breite Spur in Richtung Putot-en-Benssin. Die steinerne Häuserfront wirkte bedrohlich und kalt. Überall blitzte es heraus. Metz schloss den Panzerriegel und benutzte das Periskop zum Sehen. Immer näher kamen sie an Putot-en-Bessin heran. Der Befehl zum Stehenbleiben wurde erteilt. „In Stellung!"

Metz fuhr in eine gute Position.

„Heizen wir denen mal ein! Sprenggranate laden! MG-Nest auf 1000 Meter – 1 Uhr – Feuer!"

Panotka und Pfeffer arbeiteten gewohnt flüssig zusammen. Das Rohr zeigte auf die kanadischen Stellungen. Das trockene, metallen klingende Geräusch vor dem Abschussknall wies auf den brechenden Schuss hin.

Klack – Wumm

Die Granate verließ das Rohr und wuchtete sich einige Meter neben dem Ziel in die Erde. Das feindliche Maschinengewehr feuerte weiter. Metz konnte das Mündungsfeuer erkennen. Gebannt starrte er auf den Gegner.

„Ein Stück weiter links! Zehn Meter"

Pfeffer korrigierte, Panotka schloss die Ladeluke.

Klack – Wumm

„Sehr gut! Noch eine!"

Wieder zuckte das Rohr und spie mit einer Feuerzunge ihre tödliche Fracht aus. Die Granaten wuchteten gegen eine Steinmauer und eine Hauswand. Eine kleine Wolke schwebte über den Einschlagstellen. Der letzte Schuss war ein Wirkungstreffer. Splitterregen ergoss sich auf die Bedienmannschaft des Maschinengewehrs, dessen Mündungsfeuer im Staubmantel erstarb. Grenadiere kämpften sich Meter für Meter nach vorn. Immer wieder mussten sie aufgrund des starken kanadischen Abwehrfeuers in Deckung gehen. Die Panzer IV feuerten Granate um Granate ab und setzten die Kanadier massiv unter Druck.

Der Geruch von verbranntem Pulver breitete sich im Panzer aus. Plötzlich krachte es laut. Durch den Seitenschlitz sah Lümmer, dass einer ihrer Nachbarpanzer brannte. Am Funk kam Hektik auf. Eine sich überschlagende Stimme ließ erkennen, dass Nerven blank lagen.

„Feindpanzer voraus!"

Jemand anders übernahm die Sprecherrolle. Es war unverkennbar der Chef. „Vollgas und Angriff!", hämmerte es aus dem Funkgerät.

„Wer von uns hat denn einen Treffer abbekommen?", fragte Hagedorn hastig nach.

„Soweit ich erkannt habe ist es der Panzer von Weinig!"

Metz gab Gas. Er schob den Riegel vor seinem Sehschlitz beiseite. „Luise, zeig was du kannst", presste er über seine Lippen.

Der Panzer schob sich vor. Der Fahrer erkannte den brennenden Stahlkoloss neben sich. Die Besatzung war ausgebootet. Einer lag verwundet am Boden. Zwei Kameraden kamen angelaufen und zogen ihn vom Kampfpanzer weg. Dichter Qualm legte sich über den angeschossenen Panzer und stieg nach oben.

„Erna brennt!", teilte Metz den anderen schnell mit.

Jeder wusste nun, wen es getroffen hatte.

Wumm

Wieder detonierte eine Granate in der Nähe der Panzer.

„Das sind Shermans! Die Kanadier haben Panzer!", warnte Lümmer. Gleichzeitig gab er an Pfeffer die Position des Gegners weiter. „Es sind zwei Stück! Sie stehen! Achtung!", warnte er, als er nach einem weiteren Abschuss Feuerzungen und Pulverdampf am Rohr eines der kanadischen Panzer sah. Die Granate galt nicht ihnen und bohrte sich tosend weiter weg in die Erde.

„Günther! Du musst schneller vorziehen!", befahl Lümmer. Dann wendete er sich wieder seinem Richtschützen zu. „850 – 12 Uhr! Schickt ihm Panzergranaten rüber! Feuer!"

Der Hinweis auf Panzergranaten war unnötig. Panotka hatte bereits das richtige Geschoss geladen. Pfeffer hatte nach den Anweisungen des Kommandanten angerichtet. Abschuss! Die Wucht des Rückstoßes war im Panzer zu spüren. Sofort wurde eine neue Granate geladen.

„Ein Strich zu hoch! Geh etwas tiefer, die Entfernung stimmt! Du kannst ihn mittig erwischen! Halte voll drauf! Feuer!"

Der Richtschütze lugte durch sein Visier. Pfeffers Verstand arbeitete auf Hochtouren. Er brachte es fertig, die Nervosität soweit in den Griff zu halten, dass er unkorrekte Einstellung vermied.

Die Anspannung war enorm. Bruchteile von Sekunden schienen plötzlich eine ellenlange Zeitspanne zu sein. Es war ein kurzer Augenblick, der für die übrige Besatzung dennoch ewig dauerte. Ein letzter Kontrollblick, dann jagte die Panzergranate durch das lange Rohr. Mündungsfeuer waberte am Rohrende aus der Hauptwaffe des Panzers. Sofort folgte der Einschlag. Die Granate wuchtete genau zwischen Kanone und Chassis gegen den Turm des alliierten Kampfwagens. Unmittelbar nach der gewaltigen Detonation schossen helle Stichflammen aus dem Sherman. Eine Folgeexplosion riss den Turm ab.

„Volltreffer!" jubilierte Lümmer. „Sehr gut gemacht!"

Am Funk überschlugen sich die Meldungen. Aus ihrem Versteck in einem Gehöft preschten zwei kanadische Kampfpanzer heraus und stießen in die Flanke der angreifenden deutschen Schützenpanzerwagen. Eines der Halbkettenfahrzeuge war bereits getroffen. Panisch sprangen die Insassen ab und wurden Opfer der Bordmaschinengewehre der Shermans. In ihren Augen lag blankes Entsetzen. Oberscharführer Resch war am Funk zu hören. „Luise zum Ortseingang und den zweiten Panzer ausschalten! Ulrike zur mir! Angriff!"

„Ulrike hat verstanden und rückt zu Klara vor!"

Beide Nachbarpanzer schwenkten zur Seite. Metz hingegen hielt weiter auf den Ortseingang zu. Der dichte Rauch des ersten zerstörten Panzers ließ sie nur erahnen, wo sich der zweite Sherman befand.

„Verdammt! Da waren vorhin doch zwei!" schimpfte Metz.

„Fahr weiter!", ordnete Lümmer an. „Aber drossle die Geschwindigkeit!"

Plötzlich schoss der stählerne Kanadier durch die dunkle Wolke nach vorn. Der Fahrer bremste abrupt ab und das Rohr bewegte sich.

Sämtliche innere Alarmglocken schrillten gleichzeitig.

„Achtung! Sie machen einen Schießhalt!"

„Ich sehe ihn", signalisierte Pfeffer, der als Richtschütze keinen

Bordfunk hatte.

„Festhalten!", warnte Metz und bremste ebenfalls stark ab. Die Fliehkraft presste die stählerne Festung tief in die Erde. Die Ketten schoben Erdreich und Getreideähren beiseite. Gleichzeitig legte der Fahrer den Rückwärtsgang ein und zog den linken Bremshebel an. Er gab wieder Gas und der Panzer IV drehte sich auf der Stelle. Die Stellungsrochade rettete ihnen allen das Leben. Die kanadische Granate detonierte nur knapp neben *„Luise"* im Feld. Der Druck war deutlich zu spüren. Etwas krachte hart gegen die Außenwand. Das Geräusch ließ den Panzermännern das Blut in den Adern gefrieren. Waren sie getroffen? Mussten sie ausbooten? Sekunden wurden zur Ewigkeit.

„War nur die Kette", beruhigte Lümmer.

Der Kampf ging weiter. Pfeffer hing schon wieder am Visier. „Ich habe ihn!"

„Feuer!"

Das trockene Klacken vor dem Abschuss ließ sämtliche Hoffnungen in die Höhe schießen. Ein Duell auf Leben und Tod hatte begonnen. Welcher Richtschütze hatte die stärkeren Nerven? Wer beherrschte sein tödliches Handwerk auch unter extremster Belastung? Welche Zieleinrichtung war genauer? Die Spannung wuchs ins Unendliche. Zittern, beben, beten und hoffen! Abschuss!

Klack - Wumm

Ihre Granate schlug ein.

„Treffer!", meldete Lümmer, doch es kam kein Jubelschrei aus seinem Mund. „Er ist angeschlagen, aber nicht zerstört. Nachsetzen! Feuer!"

Klack – Wumm

Diesmal hatten beide Kampfwagen gleichzeitig geschossen. Die Granate des Sherman schrammte am Turm des deutschen Panzers vorbei, wurde abgelenkt zischte nach oben weg. Wie gelähmt saßen die SS-Männer im Bauch von Luise. Zwischenzeitlich rann der Schweiß in dicken Bächen über ihre Gesichter. Es folgte keine Explosion. Glück gehabt. Abermals Aufatmen. Was war mit ihrem Schuss passiert? Suchend hingen sie an den Sichteinrichtungen.

Ihre Granate hatte das Ziel verfehlt und detonierte irgendwo in Putot-en-Bessin. Dennoch kam beim Gegner Bewegung auf. Aus irgendeinem Grund zog sich der angeschlagene Sherman zurück.

Lümmer betrachtete den Duellanten genau. „Sein Turm scheint blockiert zu sein. Er kann nicht mehr korrekt feuern. Vielleicht hat er

auch ´ne Ladehemmung", stellte der Panzerkommandant fest.
„Wir brauchen Unterstützung!", plärrte Resch über Funk.
„Wo seid ihr?", fragte der Chef des I. Zuges.
Resch antwortete.
„Wir kommen!"
Es folgten die Kommandos an drei Panzer. Nur Minuten später tauchten sie im Sichtfeld von Metz auf, rasten vorbei und griffen in den Kampf ein. Es war beeindruckend, mit welcher Geschwindigkeit die tonnenschweren Kampfwagen über das Gelände preschten.

Hagedorn griff an sein Bord-MG. Kanadische Infanteristen in Zugstärke strömten durch den Rauch des nunmehr hell lodernden Sherman am Ortseingang. „Sie führen einen Gegenangriff durch", warnte er und gab ein paar Feuerstöße ab. Der Turm drehte sich etwas zur Seite.

Metz versuchte zu fahren, doch Lümmers Befürchtung bewahrheitete sich. Die rechte Kette war zerrissen. Sie waren manövrierunfähig.

„Wir müssen raus und die Kette reparieren!"

Der Kommandant ging nicht auf die Bemerkung ein. Er öffnete die Luke, streckte den Kopf hinaus und holte sich einen Gesamtüberblick, bevor er wieder im Bauch von Luise verschwand. „Sie wollen den Grenadieren in die Flanke stoßen! Wir können zwar nicht mehr fahren, aber schießen ist kein Problem. Pfeffer – ans Visier! Sprenggranate laden!"

Anhand der Turmpositionsanzeige, die sowohl dem Richtschützen als auch in ähnlicher Ausführung dem Panzerkommandanten zur Verfügung stand, konnte Lümmer die ungefähre Position der kanadischen Infanteristen an den Richtschützen mitteilen.

„Ich habe sie!"

„Feuer frei!"

Der Abschuss folgte. Wieder zuckten Flammen aus dem mächtigen Rohr. Die Sprenggranate hieb ins vordere Drittel der angreifenden Kanadier.

„Feuer!"

Klack – Wumm

Abermals detonierte eine Granate zielgenau und zwang die feindlichen Infanteristen endgültig in Deckung.

Hagedorn feuerte zusätzlich mit dem MG. Eine SPW-Besatzung wurde auf das Feuer an der Flanke aufmerksam. Der Fahrer lenkte herum und auch das Maschinengewehr des SPW nahm die Kanadier unter Beschuss. Als sie sich wieder zurückzogen, stellte Hagedorn das Feuer ein.

Von rechts strömten weitere Rauchsäulen gen Himmel. Der abgeschossene Panzer IV *„Erna"* war ausgebrannt. Zwei weitere Shermans standen in Flammen.

Die Grenadiere der Waffen-SS hatten sich zwischenzeitlich bis an die ersten Häuser und Mauern herangearbeitet. Handgranaten flogen durch die Luft und explodierten. Splitter surrten umher. Stoßweise drangen die deutschen Angreifer in die Ortschaft ein und besetzten ein paar Anwesen. Sanitätsfahrzeuge wurden herangeführt. Obwohl sie noch im Feuer lagen, bekamen viele Verwundete endlich *Erste Hilfe*. Männer mit weißen Armbinden, auf denen deutlich das Rote Kreuz prangerte, trugen Bahren über das Schlachtfeld. Teils liefen sie geduckt, um Kugel- oder Splitterhagel zu entgehen. Ein Teufelsspiel! Ein Kreislauf des Todes.

„Luise an Klara…Luise an Klara…bitte kommen!", funkte Hagedorn nach Anweisung des Panzerkommandanten.

„Hier spricht Klara. Was gibt es?"

„Wir haben einen Treffer an der Kette und müssen reparieren. Wir bitten um Schutz!"

„Verstanden! Kommando an Ulrike! Bitte zu Luise verlegen!"

„Ulrike hat verstanden!"

Das Warten auf den Schutz-Panzer begann. Das Kampfgeschehen verlegte sich in die Ortschaft. Lümmer wagte es und schob den Kopf aus der Luke. Er betrachtete das Schlachtfeld durch seinen Feldstecher. Ein Motor brummte. Ihre Kameraden kamen angefahren. Nachdem sich kurze Zeit später der Panzer IV der Ulrike-Besatzung schützend vor ihnen aufgestellt hatte, stiegen die Männer des Panzers *Luise* aus. Günther Metz saugte die frische Luft förmlich ein. Im Panzer roch es nach Schmieröl, Pulverschmauch und Schweiß. Er stemmte sich zeitgleich mit Hagedorn aus der jeweiligen Luke. Auch die anderen kletterten aus ihren Luken und verließen die Stahlfestung. Alle hatten weiche Knie, als sie daran dachten, dem Tod nur knapp von der Schippe gesprungen zu sein. Schrammen, tiefe Kratzer und Dellen zeigten an, wo die Projektile, Steine oder Granatsplitter entlang geschürft waren.

Pfeffer starrte zum qualmenden Wrack des von ihm abgeschossenen Sherman. *Niemand ist ausgebootet*, schoss ihm durch den Kopf. *Die Besatzung starb in den Trümmern ihres Kampfwagens.*

Panotka folgte Pfeffers Blick. Er klopfte dem Richtschützen auf die Schulter und bemerkte: „Da hatten wir Glück. Ohne deine Schießkunst wären es jetzt die anderen, die auf unser Wrack sehen würden. Gut gemacht!"

Pfeffer sinnierte kurz, fand aber Panotkas Aussage treffend. Das Nachdenkliche wich, der Stolz kam. „Unser erster Abschuss!"

Lümmer rauchte schon wieder eine Selbstgedrehte, während er den Schaden begutachtete. Er ging neben dem Panzer entlang und sah sich die Kette genauer an. „Ist alles halb so wild", sagte er zufrieden. „Das kriegen wir ohne den Instandsetzungstrupp hin. Die Kette ist nicht gerissen, sie hat sich lediglich abgelaufen! War wohl zu schwach gespannt! Auf geht's Männer!"

Der Kampf um Putot-en-Bessin spielte sich jetzt hauptsächlich im Ortsinneren ab. Immer wieder drangen MG-Salven oder Handgranatendetonationen an ihre Ohren. Dazu gesellten sich auch die Abschüsse von Panzergranaten, aber auch die von Pak. Der Kommandant von *„Ulrike"* stand im Turm. Das Rohr ragte gegen die Hausruinen. Sollte ein Gegner zu feuern beginnen, würde er die Antwort des Panzers IV erhalten. „Kommt ihr zurecht?"

„Kein Problem", antwortete Lümmer.

„Über Funk kam gerade durch, dass sich auf der Ostseite dieses Kaffs kanadische Panzerjäger mit Pak eingegraben haben. Sie haben den dritten Zug aufgerieben!"

„Himmel und Hölle nochmal", fluchte Lümmer. „Wie sieht die Lage sonst aus?"

„Grenadiere kämpfen sich vor. Die Kanadier sitzen südlich von hier überall entlang der Eisenbahnlinie!"

„Was ist mit unserer Luftwaffe?"

Achselzucken. „Ich bin froh, dass die alliierten Jabos nicht am Himmel sind!"

„Und warum schließen wir die Zange nicht endlich?"

„Es sind scheinbar mehr als wir erwartet haben. Vor allem sind sie viel stärker bewaffnet."

„Pack mal mit an", wurde der Unterscharführer aufgefordert.

Das Aufziehen einer abgelaufenen Kette war alles andere leicht. Jedes einzelne Kettenteil musste über jede Stützrolle gehoben werden. Ein Kraftakt, der die gesamte Besatzung beanspruchte. Sie standen neben dem Panzer und begannen mit der Arbeit.

Ein verwundeter Kanadier wurde auf einer Bahre von zwei deutschen Sanitätern vorbeigetragen. Der feindliche Soldat sah in die Gesichter der jungen Soldaten und konnte kaum glauben, was er sah. In gebrochenem Deutsch offenbarte er seine Verwunderung. „Ihr seid alle so jung", kam über seine Lippen. Die Sanis gingen vorbei und brachten den

Verletzten zur Verwundetensammelstelle. Dort wurde der Kanadier neben den anderen Verwundeten ins Gras gelegt. „Was ist mit ihm?", fragte ein Sanitäter die beiden Träger.

„Den hat es an Bein und Schulter erwischt. Er spricht etwas deutsch", kam die Antwort, dann ging es im Laufschritt zurück aufs Schlachtfeld.

„Jetzt alle auf einmal … und hopp … und hopp …", gab Metz das Kommando vor und bestimmte den Rhythmus.

Schweißüberströmt wuchteten sie die Kette über die Laufrollen. Sie waren jung, doch sie beherrschten ihr Handwerk. Die Flansche wurden hauchdünn eingefettet, die Schrauben kreuzweise angezogen.

Metz und Lümmer prüften gemeinsam die Lage der Kette. Zufrieden stellten sie fest, dass sie ideal mit einer Breite von vier Fingern über der ersten Laufrolle durchhing.

„Wir haben es fast geschafft. Jetzt kommt nur noch der letzte Härtetest", sagte Metz. Der Fahrer kletterte über seine Luke auf den Sitz, drückte auf den Startknopf und als der Motor ruhig brummte, rollte er erst ein paar Meter vor, dann zurück. Schließlich ließ er den Panzer einmal um die Achse drehen.

„Hält wunderbar", brüllte Pfeffer, der gebannt die Kette beobachtet hatte.

„Aufsitzen!", schmetterte der Panzerkommandant. „Wir müssen wieder in den Kampf eingreifen!"

Schweißüberströmt nahmen sie erneut ihre Plätze ein. Beide Kommandanten meldeten sich bei Resch wieder einsatzklar. Ein Halbzug Grenadiere marschierte heran. Es war die erste Reserve, die nach vorn beordert worden war.

„Wollt ihr mitfahren?", erkundigte sich der Unterscharführer des Panzers *Ulrike*.

„Gern", sagte ein älterer Rottenführer. Er war der Ranghöchste des Halbzuges. „Mein Zugführer und sein Vertreter sind gestern nach einem Jagdbomberangriff schwer verwundet worden. Ich habe den Zug übernommen …", der Rottenführer zeigte auf die jungen Soldaten, „… oder besser gesagt, was noch davon übrig ist!"

Die Landser verteilten sich auf die beiden Panzer IV. Langsam fuhren die Kampfwagen an.

„Klara von Ulrike – wir haben einen Halbzug Grenadiere aufgenommen und bewegen uns auf Putot-en-Bessin zu."

„Grenadiere am Ortsrand absetzen! Der Hauptstraße folgen.

Schwere Kämpfe entlang der Bahnlinie. Nur die ersten drei Häuserreihen konnten bislang eingenommen werden. Immer noch heftiger Widerstand. Vorsicht: Im Ostteil befinden sich Panzerjäger!"

„Ulrike hat verstanden."

„Luise hat verstanden."

Der Angriff war von Westen auf die die Ortschaft erfolgt. Die Bahnlinie verlief südlich des Dorfes von Westen nach Osten. Die kanadischen Truppen waren von Norden her mit ihren Einheiten verbunden. Hier sollte der Nachschubweg abgeschnitten werden, was jedoch aufgrund der kanadischen Kampfstärke noch nicht gelungen war.

Beide Panzer rollten auf die Ruinen der ersten Häuser zu. Die Kampfspuren waren deutlich zu sehen. Der Kampflärm wurde immer lauter. Die Grenadiere sprangen ab und meldeten sich bei einem Offizier. Sie verschwanden aus dem Blickwinkel der Panzerleute.

„Haben die Ortschaft erreicht", meldete Lümmer.

Überall lagen Trümmer auf der Straße. Rauchschwaden zogen durch die Straßen. Der von der Nordsee kommende Wind blies sie vor sich her. Immer wieder kratzten Querschläger über den Stahl des Panzers. Langsam rollte Metz die Straße entlang. Der zweite Panzer hingegen war stehen geblieben.

„Angriff von rechts. Wir schwenken ab und greifen ein", wurde über Funk weitergegeben.

„Verstanden. Luise folgt der Hauptstraße!"

Anfangs noch von Grenadieren flankiert, waren sie jetzt auf sich selbst gestellt.

„Ich dachte, dass die Grenadiere mitgegangen sind", meinte Metz und sah sich so gut es ging um. „Sie müssen wohl an der letzten Straßenecke stehengeblieben sein", sagte er schließlich und hielt an.

Gerade als der Kommandant antworten wollte, zuckte der Panzerfahrer zusammen. „Vor uns steht ein Sherman. Die Spitze seines Rohres ragt ein kleines Stück hinter der Scheune hervor!"

„Erkannt", bestätigte Lümmer.

Die Situation war kurios. Der Sherman schien zu lauern. Um sie herum tobte der Kampf um die Häuser. Schüsse krachten. Fensterscheiben zersprangen. Links von ihnen befand sich ein Gehöft, dessen Scheune an das äußerste Eck des Grundstückes gebaut worden war. Das Scheunentor stand weit offen und war scheinbar feindfrei.

„Dort haben sich keine Infanteristen verschanzt", stellte der Kommandant des Panzers IV fest. „Auch vom Haupthaus fallen keine

Schüsse."

„Hinter der Scheune hatte sich der Panzer postiert.
„Du musst durch die Scheune schießen! Geht das?"
Der Turm drehte sich, die Kanone visierte ihr Ziel an. „Das ist 'ne dünne Bretterbude. Da schieße ich mit 'ner 08 durch und erst recht mit meiner Panzergranate", zischte Pfeffer aus. Kurz darauf kam: „Ich habe ihn!"
„Hast du die Maße des Sherman ungefähr im Kopf?"
„Ich weiß schon, wohin ich schieße! Fertig!"
„Feuer!"
Klack – Wumm
Der Panzer ruckte beim Abschussknall, die Granate zischte mit gewohnten Mündungsfeuer aus dem Rohr und raste mit einer Geschwindigkeit von 385 Metern pro Sekunde ihrem Ziel entgegen, was Abschuss und Aufprall nur wenige Millisekunden voneinander trennte. Wuchtig wurde die Holzwand der Scheune durchschlagen. Die folgende Detonation war gewaltig. Sofort schoss eine große Stichflamme nach oben. Eine zweite Granate wurde abgefeuert und schlug ein. Jetzt stand der Sherman vollends in Flammen. Das Feuer griff sofort auf die Scheune über. Nächst des Panzer IV explodierte eine Handgranate. Die Detonation war dumpf zu hören. Das Prasseln der Splitter beunruhigte etwas. Die Salve eines Bren-MG stanzte zwar kleine Kerben in die Seitenwand des Stahlkolosses, doch die Projektile wurden abgeschmettert, wie Regentropfen von einem Schirm.
„Gib das über Funk durch. Neben uns sitzen doch ein paar Kanadier im Gehöft! Sag unseren Leuten, es ist bei der brennenden Scheune!"
Das Feuer loderte immer stärker. Metz rangierte. Panotka lud eine Sprenggranate und schloss die Klappe. „Fertig!"
„Feuer!"
Die Granate wuchtete gegen das Wohnhaus. Sofort wurden Gewehrläufe zurückgezogen.
„Los! Noch eine!"
Wieder feuerte der Panzer.
Hagedorn gab die Kenntnisse bezüglich des kanadischen Widerstandsnestes sofort weiter. Immer wieder versuchte er den hektischen Funkverkehr zu übertönen.
Metz hatte den Panzerriegel vor sein Sichtfenster geschoben. Er beobachtete die Szenerie durch das Periskop. „Wenn die Kanadier mit

´ner geballten Ladung ankommen, sieht es für uns zappenduster aus", meinte er respektvoll. Noch fühlte er sich sicher, doch er traute dem Gegner nicht. Der junge Panzerfahrer spürte trotz der Hitze im Panzer, wie sich Gänsehaut über seinem Körper ausbreitete.

Ein Schützenpanzerwagen fuhr heran. Der Schütze hinter dem Maschinengewehr feuerte unablässig. Grenadiere sprangen ab und gingen in Stellung. Immer wieder jagte Hagedorn mit dem Bug-MG des Panzers IV Salven zum Haupthaus des Gehöfts. Manche Projektile zischten durch die Fenster ins Innere des Hauses, viele hämmerten gegen die steinerne Hausfront. Kleinste Staubfontänen, vermischt mit Steinpartikeln zeigten den Verlauf der jeweiligen Salve an. Der Bordfunker wollte mit dem MG den Gegner unter Kontrolle halten und die Grenadiere mit dem kleinen Sperrfeuer schützen. Diese kämpften sich immer näher an das große, steinerne Gebäude heran. Um sie nicht zu gefährden, wurde der Beschuss mit Sprenggranaten eingestellt. Das Haus glich an der rechten Seite bereits einer Ruine, dennoch regte sich heftiger Widerstand. Das Feuer hatte zwischenzeitlich auf die gesamte Scheune übergegriffen. Aus dem Dachstuhl züngelten Flammen. Einer der Grenadiere war aufgesprungen und rannte mit einer Handgranate in der rechten Faust auf das Haus zu. Im Moment des Wurfes zuckte sein Körper zusammen und er fiel tödlich getroffen zu Boden. Die Handgranate explodierte und der geschundene Körper des Gefallenen wurde zerfetzt.

„Wir müssen um das Gehöft herumfahren. Sie scheinen von hinten aus dem Gartenbereich Verstärkung bekommen zu haben. Es ist nicht normal, dass nach unserem Beschuss noch so viel Feuerkraft ausgeübt werden kann", stellte Lümmer fest.

Metz zog am Knüppel und gab Gas. Der Panzer ruckte und die Ketten rollten geschmeidig über die Laufrollen. Der Kampfkoloss schob sich am Gehöft und der brennenden Scheune vorbei. Der getroffene Sherman tauchte im Blickfeld auf. Er war nur noch ein loderndes Wrack. Metz steuerte *Luise* gefahrlos an der brennenden Scheune und am Wrack vorbei. Ein mulmiges Gefühl stellte sich beim Vorbeirollen ein, weshalb Metz kurz beschleunigte und den Maybach aufdröhnen ließ. Ein mit einer steinernen Mauer umgebener größerer landestypischer Garten war zu sehen. Auf einer Fläche von ungefähr einem Hektar standen in loser Formation Obstbäume. Lümmer erkannte Bewegung. „Sie sind da!", stieß er aus, als er die typischen britisch-kanadischen Stahlhelme entdeckte. Sie laufen geduckt hinter der Mauer entlang. „Sprenggranate!"

Panotka griff zielsicher nach hinten und zog eine der Granaten aus der Halterung. Schnell und präzise wanderte sie in die vorgesehene Öffnung. Die Klappe wurde geschlossen und bereits wenige Sekunden nach dem Befehl rief er: „Fertig!"

„Tief halten! Feuer!"

Klack - Wumm

Der Sprengkörper detonierte im Obstgarten. Einer der Bäume wurde regelrecht zerfetzt. Schrappnelle und Holzsplitter surrten durch die Luft und durchbohrten die Körper der kanadischen Kämpfer. Eine zweite und eine dritte Granate folgten. Gnadenlos hämmerte die Besatzung ihre Sprenggranaten aus dem Rohr. Nach der fünften Detonation gab der Panzerkommandant das Kommando, die Steinmauer zu durchbrechen. Da die Steinbrocken lediglich lose aufeinander geschichtet waren, stellte sie für den deutschen Stahlkoloss keinen nennenswerten Widerstand dar.

Metz hantierte gekonnt an den Lenkbremshebeln. Gleichzeitig tanzten seine Füße über Gas-, Kupplungs- und Bremspedal. „Ich habe Luise jetzt in Position! Achtung, es geht los!", keuchte er ins Kehlkopfmikrophon, dann ließ er die 25 Tonnen Kampfgewicht der rollenden Festung nach vorne schnellen. Der Maybach-Motor entlud seine gewaltigen 300 PS über die 12 Zylinder ins Fahrwerk und der Panzer IV durchbrach die Steinmauer.

Hagedorn klemmte sich hinter sein Bord-MG. Er krümmte den rechten Zeigefinger und das MG 34 jagte ein Geschoss nach dem anderen durch den Lauf. Die Projektile suchten sich ihre Bahn. Sie schlugen in Baumstämme, hämmerten gegen die Steinmauer, zischten in die Landschaft oder gruben sich in die Körper der überrumpelten Kanadier.

Metz hing gebannt am Periskop. Männer wälzten sich am Boden oder rannten im Kugelhagel um ihr Leben. Einer dieser Soldaten warf sogar seine Waffe zur Seite, um schneller laufen zu können. Die latent vorhandene Angst im ersten Kampfeinsatz und die antreibende Euphorie ging beinah schlagartig verloren. Der junge Soldat konnte sich nicht freuen. Er empfand Mitleid.

„Feuer einstellen!", donnerte die Stimme von Unterscharführer Lümmer fast erlösend durch die Bordfunkanlage.

Augenblicklich schwiegen die Waffen im Panzer IV. Es herrschte eine unheimliche, gespenstische Stimmung.

Die Grenadiere, die das Haupthaus stürmten, wurden durch weitere Kräfte verstärkt. Zwei SS-Männer hatten sich bis an die Hausmauer herangepirscht. Immer noch feuerten die alliierten Soldaten aus den

Fenstern der intakten Haushälfte. Einige Gegner hatten sich auch in den Ruinen des zerschossenen Teils eingenistet. Einer der beiden Landser buhlte eine Stielhandgranate aus dem Koppel. Er schraubte die Sicherungskappe ab, zog an der Abreißschnur und wuchtete den Sprengkörper durch das Fenster.

„Deckung!"

Es krachte laut. Ein Teil der Explosionswolke drang durch das Fenster ins Freie. Der stark zusammengeschossene Fensterrahmen brach vollends auseinander. Teile der Holzleisten wurden in den Garten geschleudert. Sofort nach der Detonation sprangen die beiden deutschen Soldaten auf und kletterten durch die Fensteröffnung ins Haus. Eine zweite Explosion folgte. Schüsse aus einer Schmeißer-MP waren zu hören. Der Widerstand wurde zusehend schwächer und erstarb binnen weniger Minuten gänzlich.

Eine Gruppe Grenadiere stürmte in das Haus. Die andere drang durch die Ruinen in den Obstgarten vor. Hier blieben sie im ersten Moment entsetzt stehen. Ihnen bot sich ein Bild des Schreckens. Ein deutscher Panzer hatte gewütet. Die Steinmauer war durchbrochen. Zerfetzte Bäume waren zu sehen, überall lagen stöhnende Soldaten im Gras. Direkt vor dem Stiefel des Scharführers lag der durch eine Sprenggranate zerfetzte Körper eines Alliierten. Das Gesicht des Gefallenen sah wächsern und bleich aus. Es war das Gesicht des Krieges. Der Scharführer kannte es aus Russland. Dort hatte er das Grauen am eigenen Leib zu spüren bekommen. Als ob er die Gedanken an die Ostfront und den grausigen Anblick vor ihm hinauswerfen wollte, schüttelte er den Kopf.

Es wurde nicht mehr geschossen. Anfangs noch hoch gehaltene Gewehrläufe wurden gesenkt. Unverletzte Soldaten knieten neben ihren verwundeten Kameraden und leisteten Erste Hilfe. Hände wurden gehoben.

„Sie ergeben sich!", rief jemand laut.

„Entwaffnet die Männer und kümmert euch um die Verletzten! Nachrichter zu mir! Wo ist der verdammte Funker?"

„Hier", meldete sich ein Landser und schob sich nach vorn.

„Gib durch, dass wir einige Sanitäter benötigen!", befahl er, wandte sich seinen Leuten zu und gab weitere Anweisungen. „Und jetzt helft den armen Kerlen!"

Beim Kampf um das Gehöft verloren die Grenadiere zwei Kameraden, vier wurden verwundet. Bei den kanadischen Verteidigern wurden dreizehn Tote und neun Verwundete gezählt. Sieben von ihnen waren schwerverletzt.

Lümmers Panzer IV hatte zwei Feindpanzer vernichtet und ein Gehöft von einem Zug kanadischer Infanteristen frei gekämpft. Mit der Einnahme dieses Hofes waren rund zwei Drittel von Putot-en-Bessin in deutscher Hand.

Der Kampf um die Ortschaft selbst dauerte noch bis zum späten Nachmittag an. Erst als der Munitionsvorrat der kanadischen Truppen zu Ende ging, konnten diese sich durch eine künstliche Nebelwand zurückziehen. Die Verteidiger von Putot-en-Bessin, Angehörige der *Royal Winnipeg Rifles*, unterstützt von Panzerkräften der *2. kanadischen Panzer-Brigade 1. Husaren*, mussten verhältnismäßig hohe Verluste hinnehmen. Trotz des jungen Alters der deutschen Soldaten der *12. SS-Panzer-Division „Hitlerjugend"*, war deren Kampfmoral unbeschreiblich hoch.

Für kurze Zeit war Putot-en-Bessin wieder von deutschen Truppen besetzt. Um die Flanke zur benachbarten Militäreinheit nicht gänzlich frei zu geben, war es aus alliierter Sicht jedoch unablässig, dieses Dorf zu halten. Noch vor Sonnenuntergang gelang es den kanadischen Truppen, nach einem gezielten Artillerieangriff, Putot-en-Bessin wieder frei zu kämpfen und abermals zu besetzen.

Der Preis hierfür war jedoch enorm hoch. Weitere 125 kanadische Soldaten verloren dabei ihr Leben, denn die jungen Männer der *12. SS-Panzer-Division „Hitlerjugend"* kämpften wie besessen um jedes Haus, jede Ruine und jeden Quadratmeter Boden.

Der parallel zu Putot-en-Bessin ausgeführte deutsche Angriff auf die Ortschaft Norrey-en-Bessin wurde von den kanadischen Verteidigern unter ebenso hohen Verlusten abgewehrt. Den deutschen Angreifern standen dort die Infanteristen der *Regina Rifles*, gleichfalls unterstützt von Panzern der *1st Husaren*, gegenüber. Im Kampf um diese Ortschaft starben 98 deutsche und 211 kanadische Soldaten.

Leider kam es nach den Kämpfen auch zu Verstößen gegen das geltende Kriegsrecht, da Kriegsgefangene erschossen wurden.

Der Autor Antony Beevor schreibt in seinem Buch: D-Day – Die Schlacht um die Normandie, ISBN:978-3-570-10007-3, Verlag C. Bertelsmann, auf Seite 198 ff.: *Es wurde erbarmungslos gekämpft. Beide Seiten beschuldigten einander, Kriegsverbrechen begangen zu haben....Nach dem Krieg behaupteten Offiziere des Panzergrenadierregiments 26 der Division „Hitlerjugend", sie hätten am 9. Juni drei kanadische Gefangene erschossen, weil sie für einen Zwischenfall am Vortag Vergeltung üben wollten...(weiter schreibt Beevor auf S. 199) ...dass allein in den ersten Tagen der Landungsoffensive insgesamt 187 kanadische Soldaten hingerichtet worden sein sollen....die ersten Tötungen hatten bereits am 7. Juni...stattgefunden.*

Ebenso gibt Beevor auf S. 199 an: *Die SS-Panzer-Division „Hitlerjugend" war sicher die am stärksten indoktrinierte Einheit der Waffen-SS. Viele wichtige Kommandeure stammten aus der 1. SS-Panzer-Division „Leibstandarte Adolf Hitler". Sie waren vom „Rassenkrieg" an der Ostfront geprägt.*

Die Verstöße gegen das geltende Kriegsrecht lagen wie ein böser Schatten über den tapfer kämpfenden Soldaten beider Seiten.

Zwischen den beiden Ortschaften Putot-en-Bessin und dem nur zwei Kilometer entfernten Le Mesnil-Patry verlief vorerst die Grenzlinie zwischen den deutschen und alliierten Truppenverbänden.

Am 11. Juni griffen britische Einheiten die westlich der *12. SS-Panzer-Division „Hitlerjugend"* befindliche Ortschaft Tilly-sur-Seulles an, die von Verbänden der *Panzer-Lehr-Division* verteidigt wurde. Dem Angriff schlossen sich die kanadischen Einheiten an, die bei Norrey-en-Bessin die *12. SS-Panzer-Division „HJ"* zurückdrängen wollten. Ziel der alliierten Verbände war es, Norrey-en-Bessin als Aufmarschgebiet zu sichern. In einer Zangenbewegung sollte letztendlich Caen von deutschen Truppen befreit werden.

Mohnke, dessen Beförderung zum SS-Standartenführer kurz bevor stand, ließ sich am 11. Juni gegen 15 Uhr von den tobenden Kämpfen bei Tilly-sur-Seulles berichten, als ihm die Meldung eines weiteren Angriffs überbracht wurde.

Ein junger SS-Mann war mit dem Krad zum Gefechtsstand des Kommandeurs gefahren, da die Funkverbindung wieder einmal nicht funktionierte. Ein nicht viel älterer Sturmführer nahm sie entgegen und eilte zu seinem Vorgesetzten. Ohne Umschweife nahm Mohnke die Nachricht an und überflog sie. Wütend zerknüllte er den Zettel, warf ihn auf den Boden und stemmte beide Fäuste gegen seine Hüften. „Die Kanadier scheinen heute die Entscheidung suchen zu wollen. Sie ziehen nächst Norrey-en-Bessin einige Panzer und Infanteriekräfte zusammen. Wir werden sie gebührend begrüßen", presste er hervor. Mohnke hielt inne. Er ging zur aufgehängten Landkarte und betrachtete sie. Dann deutete er mit dem Finger auf einen Fleck zwischen Tilly-sur-Seulles und Caen. „Jetzt weiß ich es", sagte er. „Sie wollen die Straße! Das ist ihr Ziel!"

Der kanadische Angriff war gerade erst angelaufen, als Mohnke schon den Gegenstoß vorbereitete. Sprichwörtlich in der letzten Minute waren Teile seiner Panzertruppen in Position gefahren. Abermals wurden sie von den Grenadieren unterstützt.

Die Kandier griffen mit starken Panzerverbänden und aufgesessener Infanterie an. Die typische Artillerievorbereitung bestätigte das Ziel der Alliierten. Es lag genau zwischen den Stellungen des *III. Bataillons* der Grenadiere und den Pionieren.

Metz war außer sich vor Wut und sorgte sich um seinen Bruder. Der Himmel war erfüllt vom Heulen der Granaten. Er fuhr den Panzer IV gemäß dem Einweiser in Position. Immer noch surrten vereinzelt Granaten durch die Luft und hieben unweit der I. Abteilung des *SS-Panzer-Regiments 12* in die Erde.

Huiiiiit - Wumm

Lümmer stand im Turm und hob den Feldstecher an die Augen. Er sah auf die eigenen verdeckt und gut getarnt aufgestellten Panzer, sowie die dahinter in ihren Schützenpanzerwagen lauernden Grenadiere. „Wenn die tatsächlich von hier kommen, dann … "

„Achtung!", brüllte jemand und der Unterscharführer verstummte augenblicklich.

Um sie herum herrschte plötzliche Stille. Der Granatbeschuss war eingestellt. Kein Geräusch, kein Gerede, nicht einmal das Zwitschern eines Vogels war zu vernehmen. Der Feind schob sich immer näher an die deutsche Lauerstellung heran. Der Wind trug donnernden Motorenlärm vor sich her und die Erde begann leicht zu vibrieren. Dann tauchten sie auf. Hauptsächlich Cromwell- und Sherman-Panzer.

Lümmer erkannte die aufgesessenen Infanteristen. *Bald werden sie abspringen und hinter den rollenden Festungen herlaufen,* dachte er sich. An den Stahlhäuten der Panzer prallten die Projektile der Karabiner, Maschinenpistolen und MG´s ab. Sie würden wie ein beweglicher Schutzwall für die Infanteristen fungieren. Schnell rutschte der Unterscharführer in seinen

Turm. Alle befanden sich auf ihren Plätzen und warteten auf das Kommando zum Losschlagen. Die Kanonenrohre ragten dem Feind entgegen. Sie waren mit Laub und Geäst behängt. So getarnt waren sie auf Distanz nur schwer zu erkennen. Wie eine Wallhecke standen sie parat und sehnten sich den Feuerbefehl herbei, der sie aus der nervenzerfetzenden Spannung reißen sollte.

„Geh auf 1000 – geradeaus – halte einfach drauf!"

„Bin fertig!"

Aus dem Funkgerät drang nur Rauschen und Kratzen. Kein anderer als Mohnke selbst führte den Gegenangriff. Die Panzertruppen befehligte der Kommandeur des *II./SS-Pz.-Rgt. 12*, Karl-Heinz Prinz.

„Feuer!"

Der erwartete Befehl war gegeben. Mit dem Abschuss der ersten Granatensalve wurde ein regelrechtes Inferno eröffnet. Die Kanadier fuhren geradewegs in die Hölle. Überall wuchteten Panzer- und Sprenggranaten ein. Bohrten sich in die Erde, wirbelten Erdbrocke und Steine durch die Luft. Splitter surrten tödlich umher. Manche fanden ihr Ziel und ließen den Stahl der kanadische Panzer bersten. Dunkle Rauchwolken stieben nach oben. Beißender Geruch machte sich breit. Bereits nach der ersten Salve standen einige alliierte Panzer in Flammen oder waren bewegungsunfähig. Die Infanteristen liefen wild umher, suchten Deckung und wussten nicht, wie ihnen geschah.

Klack – Wumm, Klack – Wumm

Wieder verließen zig Granaten die Rohre. Mündungsfeuer waberte drohend an den Mündungen. Kleine Wölkchen zogen in den Himmel und vermischten sich zu einem schwebenden Nebelschleier aus Pulverdampf. Es roch nach Pulverschmauch.

„900 – 11 Uhr! Feuer frei!"

Panotka wuchtete eine Granate nach der anderen ins Rohr. Pfeffer kümmerte sich um neue Zielangaben, korrigierte kurz, berechnete die Wegstrecke und jagte die Granate raus. Er und Panotka harmonierten hervorragend. Kaum war die Panzergranate abgefeuert, war der Panzer schon wieder feuerbereit.

„Jaaa …", jubilierte Lümmer, „… das war ein voller Wirkungstreffer! Jetzt hast du ihn erwischt. Es ist wie auf dem Schießstand!"

Klack - Wumm

„Der hat wieder gesessen! Das Ding qualmt wie verrückt! Sie booten aus."

Kurze Pause. Der Panzerkommandant suchte das nächste Ziel

und fand es sofort. „Schwenke auf 830 – wieder 11 Uhr!"

Binnen weniger Minuten jagten etliche Rauchsäulen in den Himmel. Überall sah man Erdfontänen aufschießen. Staub, Gras, Korn, Erdreich und Steine wurden schier pausenlos hochgeschleudert. Die Kanadier waren sichtlich überrascht und benötigten eine geraume Zeit, um sich auf die neue Situation einzustellen. Erst nach einigen Minuten, die etliche Opfer forderten, preschten sie auseinander.

„Angriff! Vorwärts!"

Die Motoren dröhnten auf, die Panzer ruckelten los. Die Ketten zermalmten die Wiese und hinterließen breite Spuren. Immer schneller jagten sie über Kornfelder und Wiesen. Die Schlacht nahm ihren Lauf.

Wumm

Diesmal waren es die deutschen Panzermänner, die nur knapp dem Tod von der Schippe sprangen. Nur zehn Meter vor Lümmers Panzer war eine kanadische Granate detoniert. Dumpf hämmerten Steine und Splitter gegen die Stahlhaut.

„Hart rechts!"

Metz reagierte blitzschnell. Schalten, bremsen, Lenkbremse ziehen, Gas geben! Alles lief ab wie die graziöse Bewegung eines Eiskunstläufers, der einen einstudierten Sprung vorführte. Die Augenpaare klebten an den Periskopen.

„Dreihundert geradeaus! Anhalten! Feuer!"

Der Koloss wurde schlagartig abgebremst. Eine auf ihn abgefeuerte Granate verfehlte ihr Ziel. Einschlagfontänen spritzten nach oben.

Wumm

Die eigene Granate verfehlte ihr Ziel ebenfalls.

„Zu hoch! Du musst weiter nach unten", plärrte Lümmer.

Rums - Knirsch

Etwas patschte gegen die Seite. Das Geräusch klang dumpf und hart. Für einen Moment dachten die Männer im Bauch des Panzers, sie wären schwer getroffen worden.

Schrecksekunden. Gänsehaut. Todesangst.

Die befürchtete Detonation blieb aus.

„Jetzt!", plärrte Lümmer ins Mikrophon.

Klack - Wumm

Wieder zuckte das Rohr des Panzer IV. Abschuss und Einschlag lagen nur Millisekunden auseinander.

„Treffer", meldete der Panzerkommandant, schob aber sofort ein: „Weiter links ist noch einer", hinterher.

Pfeffer und Panotka luden nach. Metz fuhr an.

„Halt! Stehenbleiben!"

Abrupt bremste der Fahrer ab. Der Turm schwenkte herum, Pfeffer war zum Abschuss bereit, doch schon krachte es beim Feindpanzer.

„Den habe ich mir geholt", hörten sie die Stimme von Resch am Funk.

Die aufkeimende Euphorie wurde jäh unterbrochen, als ein weiterer Funkspruch abgesetzt worden war.

„Hilfe! Wir brauchen Unterstützung", kreischte jemand wiederholt. Es folgte ein gellender Schrei, der durch Mark und Bein ging. Es hatte einen der ihren erwischt. Hagedorn spürte, wie sich Gänsehaut vom Nacken bis zu den Fußspitzen ausbreitete. Sein Magen krampfte sich zusammen.

„Wo bleibt ihr denn? Wir brauchen eilige Unterstützung!"

Es steckte noch ein zweiter Panzer in höchster Bredouille.

„Standort angeben!"

„Wir sind an der rechten Flanke!"

„Das ist Ulrike", donnerte Resch über Funk. „Luise! Sofort zur rechten Flanke verlegen!"

Hagedorn bestätigte. „Luise hat verstanden. Rechte Flanke!"

Metz holte alles aus seinem Panzer heraus und preschte über das Schlachtfeld.

Lümmer entdeckte kurz darauf die in Bedrängnis geratenen Kameraden. „Hier drüben! Drei Uhr!"

Metz schwenkte herum.

Sie konnten drei angreifende Cromwell-Panzer sehen. Der bedrängte Panzer IV feuerte und änderte nach dem Abschuss sofort seine Position. Erdfontänen spritzten dort nach oben, wo er sich noch vor Sekunden befand.

Resch hatte mit seinem Führungspanzer ebenfalls die Örtlichkeit erreicht. Er feuerte als erstes. Die Granate zischte jedoch am Ziel vorbei und krepierte in der Landschaft. Der zweite Schuss hingegen zerstörte krachend das Laufwerk eines Cromwells. Dieser schob sich mit seinem Gewicht einseitig in die Erde und blieb manövrierunfähig liegen. Die beiden anderen Feindpanzer erkannten die zur Verstärkung angerückten deutschen Panzer IV und wendeten. Ihre Schnelligkeit verblüffte die Panzerbesatzungen der Waffen-SS.

Resch fuhr näher an den angeschossenen Cromwell heran. Er

rechnete mit dem Ausbooten der kanadischen Besatzung, doch stattdessen feuerte der Bordschütze des lädierten Cromwell noch eine Granate in Richtung von *Ulrike* ab. Haarscharf verfehlte diese ihr Ziel. Der Oberscharführer gab sofort den Befehl zum Feuern. Der Richtschütze hatte den Cromwell anvisiert. Der dritte Schuss aus Reschs Panzer traf den Feind am Heck. Helle Stichflammen schossen aus den Ritzen des Stahlmantels. Die Luken flogen auf und die Besatzung bootete aus. Kaum waren sie abgesprungen und ein paar Meter weggerannt, explodierte ihr Panzer. Der Turm wurde seitlich weggedrückt, das Chassis brannte lichterloh. Ein SPW der Grenadiere preschte vor und hielt an.

„Hände hoch!", wurde gerufen, doch da streckten die Kanadier ihre Hände bereits in die Höhe.

„Nachsetzen", kam über Funk durch.

Die Verfolgung dauerte jedoch lange. Sofort nachdem die kanadischen Panzer ihre eigenen Linien erreicht hatten, fuhren die deutschen Verfolger gegen eine Wand aus Panzerabwehrkanonen. Erste Treffer warnten die anderen. Der Rückzug wurde befohlen.

Mohnke hatte einen harten Gegenangriff geführt und mit Erfolg die kanadische Offensive im Keim erstickt. Der Feind verlor etliche Panzer. Die Frontlinie blieb vorerst unverändert.

Günther Metz war erleichtert. *Heute habe ich meinem Bruder vielleicht das Leben gerettet,* schrieb er in sein Tagebuch.

Nach den heftigen Kämpfen stabilisierte sich die Front an diesem Kampfabschnitt für etwa zehn Tage. Die deutschen Truppen befanden sich zu diesem Zeitpunkt an einer strategisch günstigen Position, südwestlich von Caen. Dort erstreckt sich ein leichter Höhenrücken, gekrönt von der Höhe 112, der sich leicht nördlich des Ornetals und südlich des Odons befand. Von den Stellungen aus hatte man beste Sicht über das Orne-Gebiet, den Bereich des Flusses Odon sowie über die Dörfer bis hin zu der strategisch wichtigen Stadt Caen.

Da sich die deutsche Militärführung des vorteilhaften Höhenrückens bewusst war, wurden von den Pionieren der *Division „Hitlerjugend"* fieberhaft Verteidigungsanlagen angelegt. Gebiete die für Panzerangriffe geeignet waren, verminte man eiligst. Sprengfallen wurden errichtet, Laufgräben angelegt. Solange es an der HKL ruhig war, wurde jede Minute dieser Kampfpause zum Errichten eines Riegels ausgenutzt.

Immer wieder rauschten die gefürchteten Jagdbomber der Alliierten über die Pioniere hinweg. Nachschublinien wurden täglich mehrfach angegriffen und hierbei ganze Kolonnen vernichtet. Zusätzlich hämmerte die schwere Schiffsartillerie der Alliierten ihre Granaten bis tief ins Hinterland.

Zerstören und zermürben war das Ziel.

Systematisch durchgeführte Artillerieangriffe bereiteten zudem militärische Aktionen vor. Herrührend aus der enormen materiellen Überlegenheit, spürten die deutschen Truppen die ganze Härte der Alliierten Übermacht. Und es nahm kein Ende. Täglich pumpten ankommende Schiffe schier endlosen Nachschub aus ihren Ladebäuchen.

Die Landung war geglückt, jetzt mussten die Brückenköpfe zügig ausgebaut und miteinander verbunden werden. Die lang herbeigesehnte zweite Front gegen Hitler-Deutschland nahm Gestalt an.

Horst Metz, der Zwillingsbruder des Panzerfahrers, war einer der wenigen Minenspezialisten unter den Pionieren der *Division „Hitlerjugend"*. Einerseits war er froh darüber, denn seine Spezialausbildung ersparte ihm oftmals das anstrengende Graben beim Anlegen von Verteidigungsstellungen, insbesondere von Laufgräben, andererseits musste er beim Verlegen oder Entschärfen von Minen mit äußerster Vorsicht und höchster Konzentration arbeiten. Gerade in Momenten, in denen feindliche Jagdbomber ihre Kreise über ihm drehten, brauchte er eine ruhige Hand. Es war purer Nervenkitzel, der immer öfter von dem Achtzehnjährigen abverlangt wurde.

Seit mehr als fünf Tagen war die Front ruhig. Ruhig bedeutete in diesem Fall, dass keine Offensive in Form von Großangriffen auf sie zurollte. Tägliche Scharmützel von Stoßtrupps, das Heulen und Pfeifen der Schiffsartillerie oder die „Besuche" der Jagdbomber, gehörten zwischenzeitlich zum gewohnten Tagesablauf. Aus diesem Grund fanden alle größeren Truppenbewegungen, insbesondere die von Fahrzeugen und Panzern, nachts statt.

Die Pioniere hatten seit geraumer Zeit nicht mehr als zwei bis drei Stunden am Tag geschlafen. Auch heute mussten sie zeitig aufstehen und T-Minen für einen Minenriegel vorbereiten. Metz war vor allen anderen aufgestanden und hatte ein Feuer im Ofen der Küche ihrer Unterkunft angezündet. Auf dem Herd stand ein großer Wasserkessel. Der junge Soldat saß am Tisch in der noch intakten Wohnstube des ansonsten durch Schiffsartillerie zerstörten Hauses. Wie durch ein Wunder funktionierte der elektrische Strom immer noch und eine kahle Glühbirne spendete ausreichend Licht. Die Bewohner waren weggegangen. Hier in der vordersten Frontlinie konnten sie nicht bleiben. Mit ihrem tragbaren Hab und Gut hatten sie sich, wie fast alle Zivilisten in der umkämpften Gegend, aufgemacht, um im sicheren Hinterland das Ende der Kämpfe abzuwarten.

Das leer stehende Haus diente nun den jungen Soldaten des *SS-Pionier-Bataillons 12* als Unterkunft. Langsam breitete sich die Wärme des Herdfeuers aus. Aus dem Wasserkessel begann es zu dampfen. Horst Metz stand auf, ging quer durch den Raum und nahm den Kessel vom Herd. Obwohl es schon Mitte Juni war, konnte man morgens ein Feuer im Ofen vertragen. Die Wetterlage war im Allgemeinen kühl und regnerisch. Kurz gesagt, ungemütlich. Der junge Landser schüttete vorsichtig das kochende Wasser in den vorbereiten Filter. Der Duft von gebrühten Kaffee breitete sich aus. Eine Dose, randvoll mit Kaffeebohnen, war wohl der wertvollste Fund, den sie in der Ruine gemacht hatten. Sie hatten jubiliert und Unterscharführer Michael Loos zauberte aus seinem Fundus echtes deutsches Filterpapier. „So was muss man immer parat haben", hatte er gesagt.

Sie behielten ihr kleines Geheimnis für sich und genossen seit zwei Tagen echten Bohnenkaffee. Der unnachahmliche Duft breitete sich in der Stube aus und lockte die anderen Pioniere der Gruppe in den vom Ofenfeuer zwischenzeitlich aufgewärmten Raum. Nach und nach rollten sich die Männer aus ihren Decken und Zeltbahnen und folgten dem Geruch und der behaglichen Wärme. Die allgemeine Morgenwäsche fiel äußerst kurz aus. Sie hatten einen Auftrag zu erledigen.

„Ist es schon wieder so weit?", jammerte Heinrich Gockel.

Loos sah auf seine Armbanduhr. „Beeilt euch", trieb er seine Gruppe an. „Nach dem Frühstück müssen wir noch jede Menge Minen vorbereiten."

Vor ihm lag ein maßstabsgetreuer Minenplan, an den sie sich exakt halten mussten. Insgesamt waren in ihrem Abschnitt zwei Minensperren in länglicher Riegelform und drei breite Minenfelder zu verlegen.

Sie arbeiteten hauptsächlich in der Morgen- und in der Abenddämmerung. Looses Blick fiel kontrollierend auf die rechte obere Ecke des Plans. Hier war vorgegeben, wie viele Minen welcher Art sie zu verlegen hatten und mit welchen Zündern die Sprengkörper zu versehen

Bild 146 - Sammlung von Repro-Negativen, Originaltitel: Invasionsfront Das Gesicht des Grenadiers der Panzerdivision "Hitler-Jugend" an der normannischen Invasionsfront: Archivtitel: Frankreich, Normandie.- Porträt eines Soldaten der SS-Grenadier-Panzerdivision, "Hitler Jugend" mit getarntem Stahlhelm, Sommer 1944, Fotograf: SS-Kriegsberichter Zschäkel,Friedrich, Bundesarchiv, Signatur: Bild 146-1977-143-25

waren. Nichts blieb dem Zufall überlassen. Alles musste genauestens passen, da der Minenplan der Führung zur Information und Planung von Abwehrstärken diente. Weiterhin wurde er von anderen Pioniereinheiten, möglicherweise zur späteren Räumung des Minenfeldes, benutzt.

Der Unterscharführer verglich den Auftrag mit seinen Notizen vom Vortag. „Wir brauchen noch rund 80 Minen", teilte er den anderen mit und trieb sie abermals an. „Auf jetzt, Leute. Frühstückt, dann raus hier!"

Der Kaffee war fertig und Metz übernahm die gerechte Verteilung.

„Hast du deinen Bruder eigentlich schon mal gesehen, seit wir hier sind?", erkundigte sich Gockel.

„Nein", schüttelte er den Kopf, „das hat sich noch nicht ergeben. Aber das solltest du doch wissen. Wir waren die ganze Zeit zusammen."

„Ja", grinste Gockel. „Liegt wohl an der Müdigkeit. Aber die Panzerleute haben uns neulich so ziemlich den Hintern gerettet! Ohne sie wären wir ganz schön in die Bredouille geraten."

Metz grinste. „Ich schätze, das kann ich mir nach dem Krieg zu Hause ständig anhören. Günther wird mit breiter Brust herumstolzieren und jedem erzählen, was er für ein Held war, während ich hier im Dreck Minen vergraben habe."

Die aus der Hitlerjugend stammenden jungen Männer zweifelten keine Sekunde am vielbeschworenen Endsieg. Sie waren völlig vom nationalistischen Gedankengut, bis zum Glauben für die einzig gerechte Sache zu kämpfen, indoktriniert. Das verbrecherische Regime hatte seine Jugend auf ihre Ideale eingeschworen.

Loos wurde langsam nervös. „Macht schneller, Jungs! Ich habe keine Lust, dass uns die Aufklärer der Amis oder Tommys entdecken und später ihre Jabos rausschicken, um uns zu malträtieren!"

„Keine Angst, Michael ...", hakte Gockel auf die Bemerkung des Unterscharführers ein, „... uns paar Männeken sehen die doch gar nicht."

„Dein Wort in Gottes Ohr", mischte sich Metz ein. Er hatte den Kaffee gänzlich ausgeschenkt und setzte sich zu den anderen an den Tisch. „Wenn ich dort draußen die Dinger platziere, möchte ich meine Ruhe haben."

„Ob die heute mit der Offensive beginnen?"

„Hat jemand Lust nach Dienst Karten zu spielen?"

„Zurück zum Ernst des Lebens", übertönte der Unterscharführer aufkommende Gespräche. „Was haben wir noch an Bestand?"

Gockel wusste es auswendig. „62 *T-Minen 42* und mehr als fünfzig *T-Minen Pilz 43* und genauso viele *Schützenminen*."

„Dann kippt den Kaffee runter. Wir machen das Zeug fertig."

„Hier?", fragte Metz. „Es ist doch verboten einsatzfertige *S-Minen* im Fahrzeug zu transportieren."

„Wir bereiten die T-Minen vor. Die S-Minen machen wir vor Ort einsatzklar!"

Gockel tunkte ein Stück Kommissbrot in seinen Kaffee und fand einige Nachahmer. Schweigend beendeten sie ihr Frühstück. Dann holten sie die Minen in die Stube und machten sich an die Arbeit. Noch vor Sonnenaufgang waren sie fertig.

Der Motor ihres Schützenpanzerwagens lief. Sowohl im Pionier-SPW als auch im Munitionsanhänger waren die Minen untergebracht. Sie stiegen zu.

„Bin mal gespannt, wie das Wetter wird. Mal regnet es und mal blinzelt die Sonne durch."

„Hauptsache es schüttet nicht! Ich hasse es, wenn mir bei der Arbeit das Wasser den Rücken runter läuft!"

Das Grau der Morgendämmerung verschluckte sie. Die französische Landstraße war übersät mit kleineren und größeren Granattrichtern. Entsprechend wurden die Männer herumgeschaukelt. Nach zwanzig Minuten Fahrt waren sie am Ziel.

„Raus!", tönte Loos.

Minenwarnfähnchen zeigten ihr gestriges Werk an. Es galt so lange weiterzumachen, bis das Minenfeld mit dem Plan übereinstimmte. Danach würde ein Melder den Minenplan zum Bataillonsgefechtsstand bringen und von dort aus zum Divisionsgefechtsstand weitergeleitet werden.

„Metz und Gockel, wir drei gehen los und markieren die Stellen, an denen die nächsten Minen eingegraben werden. Ihr anderen könnt schon mal abladen!"

Es wehte frischer Nordseewind über das Land. Metz fragte sich, ob der sprießende Weizen abgeerntet werden würde. Sanft wiegten sich die grünen Halme im Wind. Die Ähren tanzten in einem gleichmäßigen Rhythmus und der Pionier war für einen Moment von diesem alltäglichen Naturschauspiel gefangen. Die Luft roch leicht salzig und Metz mochte auch das raue Meeresklima der Normandie. Nur etwas weniger

Regen wünschte er sich.

Die Tatsache, dass seit gut zwei Wochen die Erde dieses Landstrichs mit dem Blut tausender Soldaten getränkt wurde, war nicht wahrzunehmen. Nicht in diesen wertvollen Sekunden des Wohlfühlens. Das schreckliche Elend des Kampfes und Sterbens war ausgeblendet.

„Hier!", zeigte Loos an und riss Metz aus dem Tagtraum.

Sofort markierte der Minenspezialist die Stelle. Im Abstand von ein bis zwei Metern ging es weiter. Schauer überkam dem jungen SS-Mann, als er an die verheerende Wirkung der Detonationen dachte, wenn der Feind in dieses Minenfeld rannte. Innerlich mahnte er die Alliierten zum Anhalten, doch was nützten seine Gedanken? Nichts!

Wären sie doch nur auf der Insel geblieben. Warum kann dieser Krieg nicht bald enden! Die müssen doch wissen, dass sie uns nie besiegen werden.

„Und da knallen wir die letzten Dinger rein!"

„Alles klar!", bestätigte Horst Metz und kennzeichnete erneut die Stellen.

Jetzt begann die Feinarbeit. Der Minenspezialist hob mit dem Klappspaten an den markierten Stellen kleine Erdlöcher aus und achtete dabei peinlich genau darauf, dass die Grasnarben unbeschädigt blieben. Ein prüfender Blick auf die Sprengkörper. Alles war in Ordnung. Die Sprengkapseln befanden sich in den Zündkanälen, die Verschlussschrauben mit Dichtungen waren eingeschraubt, die Minen mit Zündern versehen. Er legte eine Mine in das Loch. Bei diversen T-Minen brachte Metz auf Anordnung eine zusätzliche Sicherung mit Zugzünder an. So war der Sprengkörper gegen unsachgemäße Wegnahme durch feindliche Soldaten extra gesichert und würde bei ihrer Aufnahme zerknallen. Außerdem kam etwas Neues zum Einsatz. Der Pionier hatte es bei seiner Ausbildung bereits kennengelernt. Es war ein ähnlich funktionierender Entlastungszünder, der *SM 2* hieß. Er wurde unter Minen ab einem Gewicht von 3 kg verlegt. Hob man eine Mine hoch, würde dies eine Detonation zur Folge haben.

Minenfelder bedeuteten Schutz, Schwächung des Gegners und Aufhalten des Gegners. Dieser Zeitvorteil konnte wiederum militärisch genutzt werden.

Metz hatte ungefähr die Hälfte seiner Arbeit erledigt, als er ein leises, nähmaschinenartiges Geräusch hörte. Er sah sich um, konnte nichts erkennen und blickte schließlich nach oben. Ein einsames Flugzeug zog seine Kreise. Dem Pionier überkam eine böse Vorahnung. Wenn das einer der gefürchteten alliierten Jagdbomber war, könnte er angreifen und Metz wäre absolut ohne Deckung. Handelte es sich um einen Aufklärer, könnte es in einer Stunde nur so von Jabos wimmeln.

Der Landser war um seine Tarnuniform froh und legte sich flach auf die Erde. Er hoffte mit seinem Umfeld zu verschmelzen und unsichtbar zu werden.

„Runter! Deckung!", rief er seinen Kameraden warnend zu, allerdings hatten Gockel und Loos den feindlichen Flieger bereits selbst bemerkt und pressten sich, ebenso wie Metz, flach auf die Erde.

Die Mühe, den SPW an eine Wallhecke zu stellen und ein Tarnnetz überzuwerfen, machte sich spätestens in diesem Augenblick bezahlt. Das Flugzeug zog eine große Schleife. Das Brummen des kräftigen Flugzeugmotors entfernte sich. Die Maschine wurde immer kleiner, war dann nur noch als Punkt zu sehen und verschwand schließlich ganz aus dem Blickfeld der Pioniere.

„Auf geht´s Männer! Weitermachen! Wenn die hier mit Jabos aufkreuzen und das Minenfeld bombardieren, war die ganze Arbeit umsonst!", donnerte Unterscharführer Loos.

Die restliche Gruppe trug Mine für Mine zu Loos, Gockel und Horst Metz. Die drei Spezialisten verlegten jede Einzelne von ihnen so gut, dass man ohne die Warnschilder oder Markierungsfähnchen nichts von der tödlichen Gefahr in der Erde erkannte.

Das Flugzeug hatte die Soldaten des *SS-Pionier-Bataillons 12* nicht beim Anlegen des Minenfeldes gesehen. Sie konnten ungestört weitermachen und waren bis Mittag komplett fertig.

Gockel und Metz saßen rauchend neben dem Schützenpanzerwagen auf dem Boden. Sie lehnten am kühlen Stahl der hinteren Kettenlaufrollen. Die Hände waren schmutzig braun.

„Wie sieht es heute eigentlich mit der Verpflegung aus, Michael?", fragte einer aus der Gruppe den Unterscharführer.

Dieser saß auf dem Beifahrersitz und döste leicht. Loos, der seinen Stahlhelm gegen die Feldmütze getauscht hatte, schob das sog. Schiffchen nach hinten und linste auf seine Armbanduhr. „In ´ner halben Stunde fahren wir zurück. Wir haben etwas schneller gearbeitet als geplant war. Nach dem Essen laden wir S-Minen auf und gehen damit zum Verlegen in und rund um die Dörfer."

„Verdächtig ruhig heute", meinte Metz und beobachtete sorgfältig den Himmel. Er traute dem Ganzen nicht.

Gockel betrachtete die Länge seiner Zigarette, nahm erst einen langen Zug, inhalierte, stieß den Rauch aus und zog noch einmal kurz an der Kippe. Die Glut leuchtete auf. Der Stummel wurde seitlich weggeschnippt. In dünnen Schwaden stieg an der Stelle, an der die Kippe im Gras gelandet war, bläulicher Rauch nach oben.

„Heinrich, willst du die Kippe nicht ausdrücken?"

„Ach, wozu denn?", winkte Gockel ab.

„Weil es sonst hier brennen könnte?", schob Metz als Frage nach.

Gelangweilt stand Gockel auf und ging zur dünnen Rauchschwade des Stummels. „Der ganze Boden ist durch den Regen feuchter als das Wattenmeer und du bist schlimmer wie meine Mutter", sagte er und trat auf die Glut. „Zufrieden?"

„Ich glaube eher, dass du vor deiner Mutter gar nicht rauchen darfst", wurde der junge Pionier veräppelt.

Spielerisch wütend baute sich Gockel vor Metz auf. „Was willst du denn überhaupt? Weil einer wie du allein gar nicht so blöd sein kann, gibt es dich als Zwilling", schoss er zurück.

„Alle mal hersehen", konterte Metz. „Was ihr hier seht, ist ein sogenannter aufgeblasener Gockel!"

Die Kameraden um sie herum begannen schallend zu lachen. Der Punkt ging an Metz, was dieser mit einem: „Jetzt steht es zwei zu eins für mich", auch kundtat.

„Einigt euch auf unentschieden, bevor es zum Boxkampf kommt. Wir packen zusammen! Abrücken, Männer!"

„Ich dachte, wir haben noch ´ne halbe Stunde!"

„Mir geht es wie Metz. Ich traue dem Frieden nicht."

Zurück im Lager wurde von Loos der Minenplan fertig gezeichnet. Der Unterscharführer setzte seine Unterschrift für die Richtigkeit in das entsprechende Feld und leitete das Schriftstück über den Zugführer weiter zum Kompaniechef. Im Kompaniegefechtsstand wurden vom Plan noch einmal Skizzen gefertigt, bevor er an die nächsthöhere Stelle weitergegeben wurde. Die Skizzen landeten letztendlich bei den im unmittelbar betroffenen Raum eingesetzten Truppenteilen.

Zufrieden schniefte Loos eine Prise Schnupftabak. Sein Magen knurrte und es roch nach Essen. Die Feldküche war nicht weit von ihnen entfernt, sodass der Duft von gebratenem Rinderbraten permanent in der Luft lag. Loos ging zum SPW seiner Gruppe. Sie waren mit dem Beladen der S-Minen fertig und Scharführer Rüttgens winkte heftig. „Michael", rief er Loos entgegen. „Beeil dich. Ich brauche noch eine Unterschrift von dir, dann möchte ich gern essen gehen. So wie das heute duftet, wird dem Ami an der Küste das Wasser im Mund zusammenlaufen!"

„Der Wind kommt von der Küste, Rüttgens", konnte sich der Unterscharführer nicht verkneifen. Mit wenigen Schritten stand er vor seinem Kameraden und quittierte die Ausgabe der S-Minen.

„Ordnung muss sein, selbst wenn die Welt untergeht."

„Dann können wir ja endlich Essen fassen! Den Munitionsanhänger könnt ihr solange hier stehen lassen. Eugen passt auf."

Gemeinsam gingen sie in Richtung Feldküche weg. Die Kochgeschirre hatten sie wohlweislich dabei. Je näher sie zur Essensausgabe kamen, desto mehr Pioniere tauchten auf. Aus allen Ecken und Enden waren sie gekommen und bildeten eine Reihe. Allen voran standen der Spieß und der Kompanieführer. Beide unterhielten sich angeregt. Ein paar Meter dahinter stand ihr Zugführer.

Es war wohl eines der offenen Geheimnisse des Erfolgs und der Kameradschaft in der deutschen Truppe. Alle Männer aßen aus dem gleichen Topf. Es gab keine Unterschiede zwischen einem Sturmmann und einem Sturmbannführer. Die Abschaffung der noch im Ersten Weltkrieg herrschenden Klassenteilung zwischen Mannschaften, Unteroffizieren und Offizieren war ein genialer Schachzug von Wehrmacht und später auch der Waffen-SS, der später von vielen anderen Ländern in deren Militär übernommen wurde.

Der Küchenbulle hatte die Feldbluse abgelegt. Über dem Unterhemd trug er eine Schürze. Das Schiffchen auf seinem Kopf saß schräg. Entgegen der geläufigen Meinung, dass ein Küchenchef wohlgenährt und stämmig ist, war die Figur dieses Feldkochs der Waffen-SS eher hager. Er war großgewachsen und die Arme wirkten wie die Ausleger eines Krans, wenn sie mit der Fleischgabel ein Stück weich geschmorten Rinderbraten in ein Kochgeschirr beförderten. Mit der anderen Hand schöpfte der Essensausgeber Soße aus einem dampfenden Kessel.

„Gibt es dazu Knödel?", fragte der Spieß freudig, nachdem er der Erste war, dessen Kochgeschirr gefüllt wurde.

„Hamorni", zischte der Koch in tiefsten sächsisch aus und meinte damit wohl: „Haben wir nicht", worauf ein Fluch folgte, den keiner der Anwesenden verstand. Der Küchenbulle hantierte mit dem Fleischmesser und meinte nach der kleinen Schimpfkanonade: „Muss och wiedda uffn Schlefschdehn!"

Er tauschte das Messer aus und schnitt dem Kompanieführer eine dicke Scheibe ab. „Schulldnsä, Chef, abba´s Mässa woar schdumpf."

„Danke", entgegnete der Kompanieführer und konnte sich ein Grinsen nicht verkneifen.

„S` Grienzeich is gleisch näbn da Salzgarddoffln!"

Der Nächste kam an die Reihe. „Schmeggt bässä wie bei da Modder", sagte er und fast bei jedem Landser, der sein Kochgeschirr hinhielt, hatte der Sachse einen Spruch parat. „Mei Schwieschamodder hat scho´ von meinä groß´n Glabbe gschwäärmt! Bessa a große Glabbe als ´n großer Bobbo, habb´ isch gemeent!"

Die Zeit in der Wartereihe war aufgrund des witzigen Kochs sehr kurzweilig. Die Kochgeschirre der Pioniere waren bald gefüllt. Metz und die anderen setzten sich nächst der Feldküche ins Gras und aßen. Das Fleisch war weich und saftig.

„Man braucht nicht einmal ein Messer. Der Sachse versteht sein Handwerk", schmatzte Gockel, zerdrückte mit der Gabel eine Salzkartoffel in der Soße und schob sich den Batzen in den Mund. „Mmmhh."

Sie waren zufrieden. Die Front war ruhig, die Arbeit weitgehend erledigt, das Essen lecker und vor allem reichhaltig. Das Klappern von Besteck in den Kochgeschirren war an allen Ecken und Enden zu hören. Nachdem auch der letzte SS-Mann seine Mahlzeit erhalten hatte, legte der Koch das Messer zur Seite und grinste zufrieden. „Nu iss abba Schluss!"

Keiner aus der Gruppe von Unterscharführer Loos sah den Nachrichter, der den Kompaniechef suchte. Als er ihn fand, gab er eine Notiz weiter. Erst zwei Stunden später sollte diese Nachricht auch Loos und dessen Gruppe erreichen. Sie waren gerade dabei, eine vorgelagerte Stellung an den Flanken mit S-Minen zu sichern.

Ein Melder war durch einen der Laufgräben gehuscht. Es ging vorbei an Warnschildern und in Stellung liegenden Grenadieren, aber auch Pionieren. Eine Pak der Panzerjäger wurde getarnt. Mit viel Grünzeug bedeckt, war das Geschütz nur schwer auszumachen. Einer der Mannschaft sah den Melder kommen und gab ihm einen wichtigen Hinweis. „Am Ende des Grabens musst du aufpassen. Wenn du rausgehst, überwindest du das kleine Stück zwischen dem Graben und der Mauer des nächsten Gehöfts am besten geduckt im Laufschritt. Da hat der Feind Einsicht und könnte dir mit einem guten Scharfschützen gefährlich werden."

Der Melder schluckte. So etwas hörte er gar nicht gern. Er bedankte sich, fragte noch einmal zur Sicherheit nach, ob sich die Minenspezialisten auch wirklich vorn beim Gehöft befanden und ging weiter, nachdem die Panzerjäger nickten."

Er erreichte das Ende des Grabens. Ein kleines Schild wies auf die Gefahr hin.

Achtung! Feindeinsicht! Abstand halten und Stahlhelm auf!

Der Melder las den Hinweis, kletterte über eine dreistufige Holzleiter aus dem Graben und rannte los. Kein Schuss wurde abgeben. Keuchend hatte er das gefährliche Stück überwunden. Er wollte kurz pausieren, als er plötzlich zu Tode erschrak.

„Glück gehabt, Kamerad", dröhnte es aus einem Busch.

Der Melder musste zweimal hinsehen, bis er den deutschen Scharfschützen erkannte. Die Tarnung war perfekt. „Mann, hast du mich erschreckt."

„Tut mir leid!"

„Sicherst du hier?"

„So kann man es auch nennen. Gestern hatten wir zwei Verluste. Drüben war ein Scharfschütze. Ich bin heute Nacht hier in Stellung gegangen und hole mir den Kerl."

„Und ich war wohl dein Hase?"

„Hier sind wir alle Hasen", entgegnete der Scharfschütze. „Und jetzt geh weiter. Ich möchte mich auf die andere Seite konzentrieren."

Der Melder schüttelte nachdenklich den Kopf und ging weiter. Weitere Warnschilder tauchten auf. Diesmal wurde vor Minen gewarnt.

Hier müssen sie irgendwo sein, dachte er sich.

Neben dem Gehöft befand sich vorgelagert ein kleines Waldstück. Der Melder sah Landser und eilte hin.

Loos erspähte ihn zuerst. „Da kommt einer zu uns."

Die Leute versammelten sich um ihren Gruppenführer. Der Melder erreichte die Männer und fragte nach dem Namen des Unterscharführers. Als dieser sich mit: „Ich bin Unterscharführer Loos", vorstellte, war der Soldat froh, dass er richtig war. „Ich soll euch ausrichten, dass heute Nacht ein Spähtrupp rausgeht. Einer von euch muss als Führer mitgehen, nicht dass unsere Kameraden in ein Minenfeld laufen."

„Ausgerechnet wir", moserte Loos. Er sah in die Runde. „Wer möchte?"

Anfängliches Schweigen, dann meldete sich Metz. „Ich mache es!"

„In Ordnung, Horst. Dann kannst du mit dem Melder zurückgehen. Karl-Heinz soll dich mit dem SPW zur Unterkunft fahren, dann aber sofort umkehren und wieder herkommen. Du kannst noch ´ne

Runde pennen."

„Alles klar."

Zusammen mit dem Melder ging Metz zurück. Beim Scharfschützen verweilten sie einen kurzen Augenblick.

„Wer geht zuerst?", fragte der Melder.

„Ich habe kein Problem damit", entgegnete Metz und rannte los. Als ein Schuss die Stille zerriss, rutschte dem Pionier das Herz in die Hose. Sofort warf er sich auf den Boden und blieb starr liegen.

„Ich habe ihn", sagte der Scharfschütze relativ monoton, blieb aber dennoch regungslos in seinem Versteck liegen. Das einzig hörbare Geräusch war das Repetieren am Gewehr.

Metz wartete noch eine Zeitlang, sprang schließlich auf und rannte zum Laufgraben.

„Ich habe das Blitzen seines Zielfernrohrs gesehen. Er wird keinen von uns mehr erwischen", erklärte der Scharfschütze, nachdem der Melder zögerte.

„Hoffentlich irrst du dich nicht", presste dieser aus und folgte Metz.

Im Laufgraben angekommen, atmeten sie auf.

„Die haben uns tatsächlich als Lockvögel benutzt", stieß er wütend aus.

Metz, der sich von seinem ersten Schock erholt hatte, bekam wieder Farbe ins Gesicht. „Aber erfolgreich", pustete er erleichtert aus.

Zurück in der Unterkunft machte es sich der Achtzehnjährige erst einmal gemütlich. Er legte die Ausrüstung ab. Metz gähnte und war eigentlich ganz froh darum, den Nachmittag schlafen zu können. Müde legt er sich auf sein Strohlager, auf dem die Zeltbahn ausgebreitet war. Dann hüllte sich der Pionier in seine Decke und schloss die Augen. *Zwei oder drei Stunden Ruhe*, schoss es durch seinen Kopf, *dann erst werden die anderen zurückkehren. Herrlich!*

Ein Scharführer und acht Männer standen bereit. Ihre Gesichter waren geschwärzt. Mit dem eintreffenden Pionier waren sie komplett. Es war kurz vor Mitternacht und stockduster. Kein Stern war zu sehen und selbst der Mond war fast völlig mit dem Schwarz des Himmelsdaches verschmolzen. Es war Neumond.

„Bist du der Pionier, der uns durch den Minengürtel führt?", wurde er von dem Scharführer begrüßt.

Der Gruppenführer sah verwegen aus. Er trug die Uniform mit

dem üblichen Tarnmuster. Seine Schmeißer-MP hing an der Seite. Am Koppel befand sich die Magazintasche mit drei Reservemagazinen. Zusätzlich hatte er eine Pistolentasche umgeschnallt. Dahinter baumelte ein Kampfmesser. Auf der anderen Seite hing der Spaten. Der Stahlhelm war mit Tarnmuster bezogen.

Bild 101 I – Propagandakompanien der Wehrmacht - Heer und Luftwaffe, Arbeitstitel: Frankreich.- Soldat (Offizier? der Waffen-SS ?) mit Maschinenpistole und Fernglas; PK Lfl 3, 1944, Fotograf: Engelmann, Bundesarchiv, Signatur: Bild 101I-495-3436-25

„Jawohl!", antwortete Metz und gesellte sich zur Gruppe. Er zog seinen Minenplan aus der Brusttasche und faltete ihn auseinander.

Ohne näher darauf einzugehen, erklärte der Scharführer die geplante Route.

„Unser Auftrag ist recht einfach", begann er. „Wir müssen durch das Niemandsland und sollen lediglich die Stärke des Feindes auskundschaften. Wir müssen in Erfahrung bringen, ob Panzerkräfte konzentriert werden oder ob sie sich auf einen Panzerabwehrkampf einstellen und ihre Pak getarnt aufgestellt haben. Am besten wäre es, wir würden Gefangene machen."

Die Männer hatten verstanden. Nicken. Ein gemurmeltes: „Ja."

„Alles klar, dann Abmarsch."

Sie gingen los. Weit musste der Spähtrupp nicht gehen, das sogenannte Niemandsland befand sich keinen Kilometer weit von ihnen entfernt. Metz und der Scharführer setzten sich an die Spitze. Die Männer folgten in Reihe. Durch Laufgräben kamen sie ungesehen nach vorn. Bei den verschiedenen Posten erkundigten sie sich nach Bewegungen des Gegners.

„Nichts", war die die Antwort, die sie jeweils erhielten.

Anhand des Minenplans ging der Pionier voraus. Geduckt huschten sie am letzten deutschen Vorposten vorbei.

„Geht es nicht ein bisschen schneller?", wollte der Scharführer Druck machen, doch der Minenspezialist ließ sich nicht beeinflussen.

„Es ist so dunkel, dass ich mich enorm konzentrieren muss. Wir haben das Minenfeld so gelegt, dass die Sprengkörper gerade mal einen Abstand von einem Meter zueinander haben. Wer sich hier vertritt, fliegt hoch!"

Die Warnung war ausreichend. Die Gruppe benötigte etwa eine halbe Stunde, bis der gefährliche Bereich durchquert war. Es begann zu nieseln. Der leichte Regen reduzierte die ohnehin schon begrenzte Sicht der Männer auf wenige Meter. Krägen von Uniformen wurden hochgestellt.

Allerdings hatte die Wetterlage auch den Vorteil, dass der Spähtrupp vom Feind nur schwer auszumachen war. Sie erreichten die Kornfelder und stießen zu einer Wallhecke vor. Eine kurze Pause wurde eingelegt. Der Scharführer zog seine Skizzenkarte hervor, nahm den Helm ab und hielt ihn schützend über das Papier. Dann schaltete er die Taschenlampe an und ließ den Kegel des durch die Verdunkelungsschablone geschwächten Lichtstrahls über den Plan gleiten.

„Wir sind schon verdammt weit gegangen", sagte er und wollte die Position bestimmen, als Wortfetzen in englischer Sprache zu hören waren. Sofort schaltete der Scharführer die Lampe aus. Er setzte den Helm wieder auf und schob den Plan zurück in die Tasche. Die Soldaten des Spähtrupps pressten sich eng an die Wallhecke.

„Letzter Mann sichert nach hinten!", flüsterte der Gruppenführer.

Der Befehl wurde von Mann zu Mann weitergegeben. Die Waffen waren schussbereit.

Metz war aufgeregt. Es war sein erster Spähtrupp und sollte es soweit kommen, wäre es für ihn auch der erste Nahkampf. Ein unbehagliches Gefühl breitete sich im Körper des Pioniers aus. Die Knie begannen leicht zu schlottern, was jedoch von den anderen unbemerkt blieb.

Konzentriere dich, forderte er sich selbst im Gedanken auf. *Bleib ruhig!*

Die Stimmen wurden lauter und deutlicher. Die Soldaten der Alliierten fühlten sich sicher. Klappern von Ausrüstungsgegenständen, ein Lachen und ein Fluchen folgten. Jetzt waren sie genau auf der anderen Seite der Wallhecke. Es musste ein feindlicher Stoßtrupp sein.

Verdammt! Soviel Pech kann man doch gar nicht haben!

Wut kochte im Inneren des Scharführers hoch.

Hätte ich doch nur den anderen Weg von den beiden Möglichen gewählt.

Die Spannung wuchs an. Die Nerven der Landser waren zum Zerreißen gespannt. Zigarettenrauch war zu riechen. Einer der Feinde war deutlich aus dem Pulk herauszuhören. Seine Stimme hatte immer einen gewissen Befehlston. Es war unverkennbar der Ranghöchste. Ein teuflischer Plan reifte im Kopf des Scharführers. Wenn es ihnen gelänge den gegnerischen Stoßtrupp zu überwältigen, könnten sie den Anführer gefangen nehmen und zurück gehen. Doch wie sollten sie es anstellen? Durch die Wallhecke gab es kein Durchkommen. Zumindest nicht bei völliger Dunkelheit und mit dem Ziel, einen Überraschungsangriff auszuführen. Also mussten sie um das Hindernis herumgehen. Es war riskant. Sie konnten gehört werden. Andererseits musste ohnehin eine Entscheidung getroffen werden, denn der Späh- oder Stoßtrupp der Alliierten dachte nicht daran weiterzugehen. Sie verharrten aus irgendeinem Grund auf der anderen Seite der Wallhecke. Vielleicht lag es daran, dass sich der Nieselregen verstärkt hatte und im Moment als kräftiger Regenschauer vom Himmel fiel.

Der Scharführer drehte sich zu seinem Nebenmann um. „Krüger, wir umgehen die Hecke, nähern uns auf der anderen Seite dem feindlichen Trupp und kämpfen ihn nieder. Äußerste Ruhe beim Weitergehen. Keinen Mucks, kein Klappern! Ich möchte nicht einmal das Schnaufen eines der Männer hören!", flüsterte er kaum hörbar und dennoch bestimmt deutlich.

Wieder wurde der Befehl von Mann zu Mann weitergegeben. Metz lag immer noch neben dem Scharführer. Seine Knie waren zwar immer noch weich, doch auch der Pionier war froh, dass etwas passierte. Das Nichtstun war die Hölle.

„Du bleibst ganz hinten! Dich brauchen wir unbedingt für den Rückweg", hauchte ihm der Scharführer ins Ohr.

Metz nickte, obwohl er davon ausging, dass der Gruppenführer dies gar nicht mehr mitbekam. Es ging los. Ohne jegliches Geräusch zu verursachen, standen sie auf und bewegten sich fast im Zeitlupentempo fort. Das Prasseln des Regens war hilfreich. Es verschluckte die kleinen, unvermeidbaren Klänge, wie etwa das schmatzende Auftreten der Knobelbecher auf der weichen Erde. Nach schier unendlichen zehn Minuten war das Ende der Wallhecke erreicht. Die Waffen bereit zum Schuss, erreichten sie die andere Seite. Vom besetzten Dorf drang Licht zu ihnen herüber. Zwar nur schwach, aber die Lage der Ortschaft war definitiv zu erkennen. Der Scharführer baute darauf, dass sie von hinten, also dem Lager der Alliierten, kamen und sich so bis auf kürzeste Distanz nähern konnten. So richtig wohl war allen nicht bei dem Vorhaben, doch jetzt gab es kein Zurück mehr.

„Wir müssen unauffällig wirken. Murmelt etwas Englisches, aber nur, wenn ihr die Sprache auch beherrscht. Raucht ein oder zwei Zigaretten. Sie erkennen uns bei dem Wetter nicht sofort. Wenn sie uns anquatschen, geht's los. Und denkt dran, wir brauchen mindestens einen von ihnen lebend. Am besten den Chef der Gruppe!"

Metz ging als letzter. Genau wie es der Scharführer befohlen hatte. Dennoch hielt er seinen K 98 bereit.

Der Marsch in Reihe war aufgehoben. Die Gruppe ging in scheinbar loser Formation und zwei Glimmstängel glühten auf.

Als sie sich dem anderen Spähtrupp näherten, standen die feindlichen Soldaten auf. Es handelte sich, den schwachen Konturen nach zu urteilen, um fünf Mann.

„Hey Guys, what´s up?", rief ihnen einer entgegen. „It´s raining cats and dogs!"

Keine Antwort. Die deutschen SS-Männer der "HJ" näherten sich Schritt für Schritt.

„Auseinander!", flüsterte der Scharführer und die Gruppe schwenkte aus. Die Zigaretten wurden weggeschnippt.

„What the hell? ... Germans ... Germ...", gellte der überraschte Warnruf eines der alliierten Soldaten, doch es war zu spät. Schüsse knallten durch die Regennacht. Getroffen ging der letzte Wortführer zu Boden.

„Vorwärts!", plärrte der Scharführer und stürmte voran. „Lebend!", schob er nach. Plötzlich stand er vor einem Sergeanten, der krampfhaft versuchte, seine MP durchzuladen. Der deutsche Soldat gab zwei kurze Feuerstöße ab. Der Körper des Gegners zuckte unter den Einschlägen auf. Die Maschinenpistole fiel zu Boden. Der Sergeant brach zusammen und blieb liegen. Seine rechte Hand wanderte zur linken Schulter. Er stöhnte.

Weitere Schüsse hallten durch die Dunkelheit. Ein Gewehrkolben verfehlte nur knapp den Schädel des britischen Soldaten. Zu Tode erschrocken, riss dieser sein Lee-Enfield Gewehr noch oben und schoss.

„Ahh", schrie einer der jungen Landser und fiel getroffen zu Boden.

„Walter!", brüllte sein Nebenmann und feuerte auf den Briten. Er lud durch und feuerte ein zweites Mal. Das erste Projektil drang in die Brust des britischen Soldaten ein und durchbohrte dessen Herz. Als das Geschoss des zweiten Schusses dicht daneben den Lungenflügel zerriss, spürte es der Sterbende schon nicht mehr.

Der Scharführer sah auf seinen Gegner. Trotz der Verwundung an der Schulter, rollte der Brite herum und wollte aufspringen, doch ein Stiefeltritt beförderte ihn erneut zu Boden. Als er abermals hochschnellen wollte, blickte er in den Lauf einer deutschen Maschinenpistole. „Gib auf!", schmetterte die Stimme des Scharführers.

Der Sergeant senkte schnaufend den Blick. Er beendete den Widerstand und blieb sitzen.

Der Kampf hatte weniger als zwei Minuten gedauert. Drei britische Soldaten waren tot, einer lag verwundet im Gras. Der Sergeant war der Ranghöchste der Gruppe.

„Es hat Walter erwischt. Ein Schuss in die rechte Brustseite. Die Kugel ist hinten wieder ausgetreten."

„Verbinden und mitnehmen! Aber schnell. In wenigen Minuten wird es hier von Soldaten wimmeln."

„Das war kein Spähtrupp. Die hatten ein MG dabei", teilte ein anderer SS-Mann mit. „Die wollten hier ein MG-Nest aufbauen!"

„Mach die Waffe unbrauchbar, dann ab hier!"

Vom Dorf her hörten sie Rufe. Ein paar Leuchtkugeln wurden abgefeuert.

„Setzt euch hin und nehmt die anderen Helme hoch!"

Hastig kamen die Landser der Aufforderung ihres Gruppenführers nach. Die erste Leuchtkugel erlosch und mit ihr das grelle Magnesiumlicht. Blitzschnell wurden dem deutschen Verwundeten und dem britischen Sergeanten je ein Druckverband angelegt, anschließend versorgten sie die Wunde des anderen verletzten Briten. „Walter wird es nicht schaffen! Wir können ihn unmöglich mitnehmen!"

Der Scharführer ballte vor Wut die Hände zu Fäusten. Er wollte keinen Mann zurücklassen. „Wir nehmen ihn zu viert. Legt ihn auf eine Zeltbahn!"

„Er wird verbluten! Seine einzige Rettung ist, wenn die Briten ihn finden und versorgen. Dann ist er schneller im Lazarett, als wenn wir ihn mitnehmen!"

„Was sagt Walter selbst?"

„Nichts! Er ist weggetreten. Ich habe ihm auch ein Schmerzmittel gegeben!"

„Verdammt!"

„Wir sollten zurück", drängte Metz.

„Du kannst ihn nicht mitnehmen, Rolf", sagte der Landser, der den Verwundeten versorgt hatte. „Glaub mir. Ich habe die Wunde gesehen!"

Tumult vom Dorf klang herüber. Scheinwerferlicht war von weitem zu sehen.

„Sie kommen! Du musst eine Entscheidung fällen!"

Der Scharführer schloss die Augen. Erinnerungen an Russland wurden wach. Er musste schon einmal einen Kameraden zurück lassen. Auch damals wurde gehofft, er käme in ein russisches Lazarett. Nach einem erneuten Frontwechsel fanden sie ihn. Er war erschlagen worden. Die Grausamkeit der Ostfront hatte Menschen zu Bestien geformt. Gräueltaten auf beiden Seiten schürten Hass und Vergeltung. Das alles saß tief im Inneren des Scharführers fest. Seine rechte Hand begann zu zittern. Er sah den Gefangenen Sergeanten an. „Wenn ihr ihn erschlagt, werde ich dich erschlagen", presste er in einem angsteinflößenden Ton über seine Lippen. Dabei zeigte er auf den verwundeten Kameraden, der neben dem britischen Verletzten auf dem Boden lag.

„It´s good", würgte der Gefangene hervor.

„Lasst ihn liegen!"

Sie gingen zurück. Ein Restgefühl an Hilflosigkeit blieb. Während des Rückmarsches herrschte vollkommene Ruhe. Der Verlust eines Kameraden war bitter. Zudem machte sich ein weiteres unangenehmes Gefühl breit. Es war, als säße ihnen der Feind unmittelbar im Nacken. Hinter jedem Geräusch wurde sofort ein Überfall vermutet, hinter jeder Wallhecke ein Hinterhalt. Es war genau dieses unheimliche Gefühl, das man verspürt, wenn man allein in der Dunkelheit unterwegs ist und meint verfolgt zu werden. Es war, als würde man die Hand des unsichtbaren Jägers kurz vor dessen Zupacken spüren. Aber auch so, als würden sich die Augen des Beobachters in einen hinein brennen. Gänsehaut und Unbehagen pur. Sie gingen weiter. Mit jedem zurückgelegtem Meter kam die Sicherheit der eigenen Stellung näher. Und diese Sicherheit, obwohl nur psychisch gefühlt, brachte die notwendige Ruhe zurück, die man braucht, um keinen Fehler zu machen.

Obwohl noch vermehrt Leuchtkugeln abgefeuert wurden, gelangte der Spähtrupp unversehrt und ohne weiteren Feindkontakt zum Minenfeld. Metz führte die Gruppe sicher durch das gefährliche Gebiet.

Im Laufgraben angekommen, atmeten sie auf. Der kriegsgefangene Sergeant war Schotte und gehörte zur *44. Brigade*. Er wurde sofort übernommen und zum Verhör gebracht. Als Metz sich endlich die Uniform abstreifen und hinlegen konnte, dämmerte es bereits.

Der junge Pionier ließ sich schon um 10 Uhr wecken. Aufgrund des nächtlichen Spähtrupps hatte er tagsüber dienstfrei.

„Ich würde gern mal meinen Bruder bei der I. Abteilung der Panzer besuchen", äußerte er gegenüber Loos.

Dieser meinte, dass Metz problemlos eine Erlaubnis dafür erhalten könnte. Er sollte einfach beim Spieß vorbeischauen und sich den Segen des Kompaniechefs holen. Genau das hatte er jetzt vor.

Frisch rasiert und gewaschen stakste Horst Metz durch das Dorf. Der Kompaniegefechtsstand befand sich außerhalb, etwa zwei Kilometer hinter ihrem Standort.

Am Ortsende stand ein SS-Feldgendarm neben einem Krad mit Beiwagen und rauchte. Metz steuerte geradewegs auf den sog. Kettenhund zu. „Feldgendarmen wissen immer alles", sagte er leise zu sich selbst und grinste, als er einen alten Bekannten wiedererkannte.

Der Feldgendarm streckte Metz die Hand zum Gruß hin. Der Pionier schlug ein. Freundschaftliches Händeschütteln.

„Menschenskind Eberhard, wie lange haben wir uns schon nicht mehr gesehen?"

„Horst, ich bin froh, dass du bei den Pionieren bist und dein Bruder bei den Panzern untergekommen ist. Ohne die verschiedenen Uniformen würde ich euch sonst ums Verrecken nicht auseinanderkennen."

„Was machst du hier?"

„Mein Chef hat hier etwas zu erledigen. Er ist beim Kompanieführer der Grenadiere."

„Ist ja auch egal. Sag mal, wie lange haben wir uns schon nicht mehr gesehen?"

Das Gesicht des Militärpolizisten verdunkelte sich etwas. „Seit du und dein Bruder mich beim Wettsaufen in der Kantine veräppelt habt."

Metz konnte sich ein breites Lächeln nicht verkneifen. Ihr Kumpel war ihnen auf den Leim gegangen. Es ging darum, wer denn am meisten verträgt. Die Zwillinge zogen sich identisch an. Einer wartete jeweils auf der Toilette und löste den anderen beim Trinken ab, wenn dieser zum vorgetäuschten Austreten kam. Sie gewannen haushoch.

„Ich spüre den Kater immer noch. Mann, das war ´n Ding. Ich war voll wie ´ne Haubitze!"

„Und wir haben uns vor Lachen fast in die Hose gemacht, als wir zu zweit vor dir standen und du gemeint hast, dass du doppelt siehst", warf Metz ein und klopfte sich lachend auf die Schenkel.

„Sag mal, ich möchte zu Günther. Weißt du zufällig, wo die Panzer in Stellung liegen?"

„Hast du keinen Dienst?"

„Nee, ich hatte letzte Nacht Spähtrupp. Wir haben ´nen Gefangenen mitgebracht."

„Habe ich gehört."

„Und? Wo ist mein Bruderherz? Besser gesagt, ich muss mir beim Spieß noch die Erlaubnis einholen."

„Mach mal halblang, Horst. Sie suchen jeden Mann der dienstfrei hat. Wenn du jetzt zum Spieß gehst, wirst du in ein Exekutionskommando gesteckt!"

Metz wurde blass um die Nase. „Was faselst du da?"

„Sie suchen zwanzig Mann. Da es keine Freiwilligen gibt, nimmt man die, die zur Verfügung stehen."

„Warum?"

„Einer aus dem Tross hat 'ne junge Französin vergewaltigt. Das Mädel ist noch keine Achtzehn gewesen. Die Franzosen haben es gemeldet und der Alte hat den Kerl gleich einsperren lassen. Die Kratzer von dem jungen Ding hatte er noch im Gesicht."

„Und jetzt?"

„Jetzt wird er erschossen!"

„Das ist zwar ein Verbrecher, aber ich kann so was nicht!"

„Deshalb sage ich es dir ja. Ist besser, du verschiebst deinen Familienbesuch und verdrückst dich irgendwohin. Aber bleib bei deiner Einheit!"

„Mahlzeit!", tönte eine Stimme.

Beide fuhren herum. Ein Oberscharführer der SS-Feldgendarmerie stand vor ihnen. Die Kameraden hatten dessen Kommen nicht bemerkt. „Na, Eberhard, haste auch einen Schützen aufgetan?"

„Ich? Äh, nein."

Metz reagierte schnell. „Also dann, ich muss weiter. Der Sturmführer erwartet mich!"

„Ach, Sie sind mit Auftrag unterwegs?" fragte der Oberscharführer.

„Jawohl!"

„Na dann mal los. Kurze flotte, wie auf dem Kasernenhof!"

Metz grüßte vorschriftsmäßig, zwinkerte seinem Kumpel zu und ging schnellen Schrittes zurück in seine Unterkunft. Den Familienbesuch hatte er für diesen Tag gestrichen. Stattdessen döste er noch eine Weile, genoss später mit den anderen das Mittagessen und danach setzte sich Metz abseits hin und schrieb einen Brief an seine Eltern. Eine verschlüsselte Nachricht in seinem Tagebuch sollte ihn später an die Begegnung mit Eberhard und dem ersparten, möglichen Erschießungskommando erinnern.

Zwei Tage später wurde seitens der Alliierten mit der *Operation Epsom* begonnen. Schottische und kanadische Verbände hatten den Auftrag, einen Brückenkopf über den Odon zu bilden. Von dort aus sollte Caen erst eingekesselt, dann eingenommen werden. Der Angriff wurde mit massivem Artilleriefeuer eingeleitet. Rund 700 Geschütze feuerten zigtausende Granaten auf die französische Stadt, die von deutschen

Truppen besetzt war. Etwa 600 Panzer begleiteten die Infanterie. Lediglich auf Luftunterstützung mussten die Alliierten verzichten, da aufgrund des schlechten Wetters die Maschinen nicht starten konnten.

Der Zug von Horst Metz befand sich mit Grenadieren und ein paar Panzerjägern in dem Dorf Saint-Manvieu-Norrey, welches sich westlich von Caen und etwa zwei Kilometer nordöstlich von Cheux befindet. Beide Ortschaften waren von den deutschen Truppen in ihren Abwehrriegel eingebunden und mussten unbedingt von den Alliierten eingenommen werden. Aus strategischer Sicht öffneten sie den Zugang zum Odon und damit den Weg nach Caen.

Während die Grenadiere und Panzerjäger permanent auf Posten waren, konnten die Pioniere einigermaßen Dienst nach Vorschrift verrichten. Das bedeutete allerdings nur, dass sie keinen Nachtdienst hatten und tagsüber für den Stellungsbau eingebunden waren.

Unterscharführer Loos hatte die Gruppe gnadenlos um 5.30 Uhr aus dem Schlaf gerissen. „Raus aus den Federn, ihr müden Säcke! Wir haben heute noch allerhand zu tun. Unser Munitionsanhänger ist randvoll mit schönen Sprengstoffsachen. Die müssen verteilt werden."

Stöhnen. Gähnen. Rascheln.

Nach und nach standen die Pioniere auf. Das morgendliche Ritual begann, wobei der gemütlichste Teil noch das karge Landser-Frühstück war. Ersatzkaffee, Kommissbrot und Marmelade. Der eine oder andere zündete sich anschließend noch eine Zigarette an und träumte vom letzten Bohnenkaffee. Als Horst Metz komplett ausgerüstet zum SPW kam, begann der Totentanz. Erst hörten sie das ferne Donnern der schweren Schiffsartillerie, dann das Heranpfeifen der gewaltigen Granaten.

Huiit – Wumm

Gefühlte tausende Rohre gesellten sich zum Inferno hinzu. Jedem Pfeifen folgte ein gewaltiger Einschlag. Die Sprenggeschosse wuchteten überall ein. Vor dem Dorf, hinter dem Dorf und auch mitten in der Ortschaft.

Huiit – Wumm

„Volle Deckung! Sucht euch Schutz! Weg vom Munitionsanhänger!", plärrte Loos und warf sich augenblicklich zu Boden, als eines der Geschosse in ihrer Nähe detonierte.

Die Erde begann zu vibrieren. Die Explosionen nahmen kein Ende.

„Schnell! Dort hinter. Da ist der Außenkeller des Hauses", schrie Gockel und rannte los.

Metz hielt sich instinktiv beide Hände zum Schutz über den Kopf. Detonation folgte auf Detonation. Steine und Splitter surrten lebensgefährlich durch die Luft. Erdfontänen wurden herumgeschleudert. Eines der Nachbargebäude erhielt einen Volltreffer. Mit Getöse krachte das Dach zusammen. Eine riesige Staubwolke breitete sich aus.

„Leute, zu mir!", rief Gockel so laut er nur konnte.

Metz zuckte zusammen, als ein Steinbrocken nur Zentimeter vor seinem Gesicht auf die Erde geschleudert wurde. Der Pionier sprang auf und folgte Gockel. Loos und zwei andere rannten ebenfalls hinterher. Gockel schlug die schwere Eichentür zu einem abseits des Hauses liegenden Kellerraumes auf. Eine steinerne Treppe führte in einen dunklen, leicht modrig riechenden Kellerraum. Auf der zweiten Stufe lagen Streichhölzer und eine Kerze. Beides wurde übersehen. Gockel fummelte keuchend seine Taschenlampe heraus und schaltete sie an.

Der Artilleriebeschuss wuchs noch stärker an. Die gesamte Front wurde beharkt. Immer wieder pfiffen und heulten die Granaten heran. Längst war das ruhige Bauerndorf in der Normandie zum Vorhof der Hölle geworden.

Es war kühl in dem Kellerraum. Ein paar Eichenfässer deuteten darauf hin, dass hier Calvados gelagert wurde. Metz erreichte als zweiter den Schutzraum, dann kamen Loos, Müller und Gromek.

Wumm

Diesmal war eine Granate in unmittelbarer Nähe eingeschlagen. Gromek drehte sich um. „Verdammt! Es hat Gustav erwischt!"

Ohne nachzudenken stürmte Unterscharführer Loos wieder die Treppe hoch. Einer seiner Männer plärrte vor Schmerzen. Ein anderer kroch zu ihm hin. Es war Kerner.

„Willkommen in der Hölle", stieß Loos aus und sprang nach draußen.

Geduckt lief er zum Verletzten. Der Anblick war grauenhaft. Ein Schrapnell hatte die Bauchdecke des Pioniers aufgerissen. Loos blickte auf eine blutige-weiße schwabbelnde Masse. Kerner, der ebenfalls helfend zum Verletzten gekrochen war, musste sich augenblicklich übergeben. Immer wieder detonierten Granaten um sie herum. Zwischenzeitlich brannten einige Häuser. Lodernd fraßen sich Flammen durch trockenes Dachgebälk und züngelten unter Ziegeln hervor. Beißender

Qualm wehte umher, stach beim Atmen in den Lungen und nahm jegliche Sicht. Lediglich der von der See her wehende Wind riss hin und wieder Löcher in die bewegliche Wand.

„O mein Gott", stieß Loos aus.

Es war eher eine Erlösung, als der Schwerstverletzte noch einmal aufschrie und dann mit aschfahlem Gesicht und wächsernem Augenausdruck starr in den Himmel aufsah.

„Er ist gefallen für Führer Volk und Vaterland", meinte der Gruppenführer mit sarkastischem Unterton.

Der Tod war für den Verletzten eine Erlösung. Das Leiden wurde hierdurch aber auf die Familie übertragen, die den Schmerz über den Verlust ihres Sohnes, Bruders, oder Neffen aushalten musste. Noch ahnten sie nichts vom Schicksal des Gefallenen. Vielleicht saßen sie gerade gut gelaunt beim Frühstücken. Irgendwann würde ihnen ein schwarz umrahmter Brief zugestellt werden. Zittrige Hände würden ihn öffnen und die Zeilen immer wieder gelesen.

„….. hat sich ihr Sohn Gustav …. Aufgeopfert …. schmerzlos und schnell ….. heldenhaft …"

Es wird nur ein schwacher Trost sein, den jungen SS-Mann als Helden in Erinnerung behalten zu dürfen. Jeder Mutter wäre in diesem Augenblick wohl ein lebender Feigling lieber gewesen.

„Komm mit", forderte der Gruppenführer auf.

„Mein Bein!"

Loos packte zu und zog Kerner nach oben. Erst jetzt erkannte er die blutende Wunde am rechten Bein des Mannes. „Beiß die Zähne zusammen!"

Gromek kam zur Hilfe. Geduckt rannte auch er durch das Artilleriefeuer. Auf den Weg zum rettenden Keller wurde der Verwundete mehr geschliffen, als dass er selbst mitlaufen konnte. Am Eingang packten alle mit an und hievten ihn die Steintreppe hinunter. Dann schloss Gockel die schwere Eichentür.

Wie ein unaufhörlicher Gewittersturm dröhnte und donnerte es in der Ferne, wenn die Haubitzen ihre Todesfracht auf die Reise schickten. Das Firmament war mit Granaten verschiedenster Kaliber gefüllt. Die ganze Sprengkraft entlud sich entlang den deutschen Stellungen. Äcker wurden regelrecht umgepflügt. Schrapnells und Splitter bohrten sich in alles, was im Weg stand, schrammten darüber hinweg oder schwirrten ins Hinterland.

Die Druckwellen der Explosionen wirbelten alles herum, was ihrer Kraft nicht widerstehen konnte. Häuser zerfielen, Dächer krachten ein. Steinmauern brachen auseinander und in Straßen, Wiesen und Äckern wurden Krater gesprengt.

Die Männer der *Division „Hitlerjugend"* kauerten im Keller. Sie hatten sich an den Modergeruch, der ein bisschen an faule Äpfel erinnerte, gewohnt. Jemand hatte die Kerze doch noch gefunden und angezündet. Ein paar Eichenfässer ruhten, eingebettet auf zugeschnittenen Holzbohlen, an der Wand des naturbelassenen Kellerraums. Staubige, leere Flaschen lagen überall herum. Kelterwerkzeug befand sich in einem Eck.

„Ich habe mal gehört, dass es in Weinkellern giftige Dämpfe gibt und die Winzer deshalb immer eine Kerze auf den Boden stellen. Wenn die ausgeht, muss man schleunigst raus", erklärte der Pionier Müller.

Keiner antwortete. Sie saßen um den Verwundeten und begutachteten dessen Wunden. Mehrere Splitter hatten das rechte Bein aufgerissen. Zwei der metallenen Bruchstücke waren tiefer eingedrungen, die anderen glücklicherweise vorbeigeschrammt. Sie hatten das Hosenbein aufgeschnitten.

„Leuchte mal hierher", forderte Loos und der Lichtkegel einer Taschenlampe wanderte den Unterschenkel entlang. Er blieb an einer blutenden Stelle hängen, an deren Ende ein dunkles Eisenstück aus dem Fleisch ragte. „Hier?"

„Genau! Wir müssen das Drum herausziehen, die Wunde desinfizieren und verbinden."

„Den anderen Splitter auch", sagte Gockel.

„Natürlich!"

„Womit sollen wir desinfizieren? Hier ist weit und breit kein Sanitäter!"

„Die haben hier doch Calvados gebrannt und gelagert. Da wird doch irgendwo ein Rest von dem Schnapszeug herumstehen!"

Müller war zu den Fässern gegangen. Er klopfte auf die Frontseiten. Alle klangen hohl. „Die Verschlusspfropfen sind weg. Hier wurden alle Fässer geleert!"

Metz ging zu Müller. Er zog ein Taschentuch aus der Hosentasche, faltete es auseinander und drehte es ein. Dann hielt er es in die kleine runde Öffnung eines der Fässer, an der üblicherweise die Zapfhähne eingesetzt werden. Nach einem kurzen Moment zog er es wieder heraus. „Es ist feucht. Da befindet sich noch ein Rest Calvados am Boden."

Er roch am feuchten Tuch und bestätigte. „Ja. Das ist Calvados."

„Her damit."

Die Augen des Verwundeten wurden groß. „Das tut … verdammt weh!"

„Kerner, du blutetest wie 'ne angestochene Sau, also halt die Klappe und beiß auf etwas drauf!"

„Ich … habe … nichts!"

„Haltet ihn fest!", ordnete Unterscharführer Loos an. „Und ich brauche zwei Tücher mit Calvados."

Müller hatte auch ein Taschentuch einstecken. Er machte es wie Metz und beide brachten ihre mit Calvados vollgesogenen Tücher zu dem Gruppenführer.

„Sehr gut. Packt jetzt mit an!"

Sie hielten den Verwundeten fest. Gockel sprach beruhigend auf ihn ein. Metz setzte sich auf Kerners gesundes Bein. So konnte er es fixieren und mit der Taschenlampe beleuchten.

Loos zog sein Kampfmesser verdeckt aus der Scheide, so dass der Verwundete es nicht sehen konnte. Behutsam wischte er die Klinge mit einem der in Branntwein getränkten Tücher ab. Danach nickte er Metz zu. „Kerner, weißt du eigentlich welcher Tag heute ist?", fragte Loos zeitgleich, um den Verwundeten abzulenken.

Während sich der Verletzte über die Frage wunderte und eine Antwort geben wollte, fuhr die Klinge des Messer entlang des Splitters ins Fleisch.

„Ahh!", stieß Kerne aus. Sein Körper bäumte sich auf.

„Festhalten!"

Sie packten so fest zu, wie sie nur konnten.

„Ich habe ihn!"

Blut quoll aus der aufgerissenen Wunde. Hastig fuhr Loos mit einem getränkten Taschentuch darüber, was wiederrum einen Schrei bei Kerner auslöste.

Geschickt legte der Unterscharführer nun einen Druckverband an. „Es ist doch immer gut, wenn man seine Verbandspäckchen dabei hat", sagte er dabei und spielte auf die Grundausrüstung der Soldaten an.

„Jetzt den zweiten Bösewicht!"

Die gleiche Prozedur folgte. Loos schnitt den Splitter aus dem Fleisch, desinfizierte und verband die Wunde. Anschließend tupfte er mit den Branntwein-Tüchern auch die kleinen Wunden ab, forderte noch mehr Verbandspäckchen. Nach der Prozedur war Kerners rechtes Bein vom Knöchel bis zum Oberschenkel weiß eingebunden.

„Jetzt kannst du dich ausruhen", grinste Loos. „Das ist alles halb so wild. In zwei Wochen bist du wieder bei uns. Solange kannst du mit den Krankenschwestern oder ein paar Französinnen herum flanieren."

Draußen tobte immer noch heftiges Trommelfeuer.

„Hoffentlich haben die anderen auch so einen guten Unterschlupf gefunden", meinte Gockel.

Schweigend saßen sie am Boden des Kellers und lauschten den Geräuschen der einschlagenden Granaten.

„So muss es denen zu Hause gehen, wenn die Bomberflotten kommen", sinnierte Gromek und zerbrach die schaurige Stille. „Sie stehen mitten in der Nacht auf, rasen in den Keller und hoffen nicht von den Bomben getroffen zu werden."

Wut keimte in den jungen Männern auf.

„Unschuldige Frauen und Kinder müssen sterben. Sie können doch nichts dafür!"

„Beruhigt euch", fuhr Loos dazwischen, bevor sich die Stimmung noch weiter aufheizte. „Wir machen es genauso. Zumindest früher, als unsere Luftwaffe …", er machte eine Pause, dann folgte eine verächtliche Handbewegung, „… ach, lassen wir das!"

Es glich einer Erlösung, als wenige Minuten später der Beschuss zurückging und schließlich ganz aufgehört hatte.

„Raus hier!", zischte Loos. „In Russland sind nach den Granaten die Infanteristen gekommen! Das wird hier an der Westfront nicht anders sein!"

„Und Kerner?"

„Der liegt hier gut. Wir sehen uns erst einmal draußen um. Wenn wir einen Sanitäter sehen, schicken wir ihn her. Nachdem Kerner doch einiges Blut verloren hat, wird ihm die Ruhe hier unten gut tun."

„Das geht … in Ordnung … Kameraden", kam es stockend über die Lippen des Verwundeten.

Sie gingen die Treppe nach oben. Gromek stieß die Eichentür auf. Es regnete. „Verdammtes Mistwetter!"

„Raus!"

Das Dorf war verwüstet, die meisten Häuser weitgehend zerstört. Nahezu kein Gebäude war ohne Treffer geblieben. Rauchsäulen stiegen nach oben. Die Reste eines eingestürzten Dachgeschosses loderten, doch das Feuer wurde zusehends schwächer und schließlich vom Regen gänzlich gelöscht. Es roch wieder einmal nach Pulverschmauch und Verbranntem. Selbst der prasselnde Regen konnte diesen unvergleichlichen Geschmack, der in der Luft lag, nicht auf Anhieb wegwaschen. Der Tod hatte zugeschlagen, der Krieg sein wahres Gesicht gezeigt.

„Ein Wunder", stieß Loos aus, „unser Munitionswagen steht noch unversehrt da."

„Ja, aber der Schützenpanzerwagen hat etwas abbekommen. Sieht nicht gut aus!"

Leben kam zum Vorschein. Auch andere Pioniere krochen aus den Trümmern. Überall kamen Grenadiere oder Panzerjäger aus ihren Deckungen. Die Gesichter der SS-Männer drückten aus, was sie soeben erlebt hatten. Pure Angst stand in den Augen der jungen Männer. Einige schienen auf den Schlag um Jahre gealtert zu sein. Ein paar wenige Unerschrockene und die kampfgewohnten Unterführer und Offiziere sorgten halbwegs für Ordnung. Hier wurde verbunden, dort eine Abwehrstellung wieder besetzt. Man verschaffte sich einen Überblick.

„Saint-Manvieu-Norrey ist nur noch eine einzige Ruine. Seht dort rüber. Selbst die Kirche hat Treffer abbekommen."

„Sanitäter!"

Die Rufe nach den Rettern in der Not wurden immer lauter. Unterführer suchten ihre Mannschaft, Offiziere ihre Züge. Ein Obersturmführer gab einem Nachrichter Anweisungen. Dieser hantierte wie wild an einem Funkgerät herum. Die Verbindung über Leitung war zerrissen. Irgendwo hatten eine oder mehrere Granaten die Strippen zerfetzt.

Schnell war eine Verwundetensammelstelle eingerichtet. Auch Kerner wurde aus dem Keller geholt und zum Verbandsplatz gebracht. „Von hier aus wirst du nach hinten gebracht, dann beginnt dein Genesungsurlaub, mein Freund", hatten sie ihm gesagt.

„Achtung! Feind im Anmarsch!", wurde eine Warnung ausgestoßen. „Alle auf Gefechtsposition!"

Sie näherten sich auf der Landstraße der Ortschaft. Es waren schottische Truppenverbände, die auf das zerstörte Saint-Manvieu-Norrey zumarschierten. Die Trümmer, die der Granatenregen übrig gelassen hatte, erhielten in diesem Augenblick eine neue Bedeutung. Sie boten Deckung. Während die Angreifer über freies Feld stürmen mussten, saßen die Verteidiger des Ruinendorfes hinter Steinwällen.

Schnell huschten die Überlebenden des Artillerieüberfalls durch die engen Straßen, kletterten über Ruinenberge und nisteten sich hinter Steinhaufen ein. Feldstecher wanderten nach oben. „Sie sind vorsichtig, aber nicht vorsichtig genug. Die Briten denken wohl, dass keiner von uns dieses Artillerie-Spektakel überlebt hat!"

Maschinengewehre wurden in Position gebracht. Gewehrläufe waren längst auf den Feind gerichtet.

„Wir müssen die Flanken abdecken! Sie werden sicher ausschwärmen", befahl der Obersturmführer, der das Kommando übernommen hatte.

„Wir haben noch jede Menge Minen", meldete sich Loos.

„Sehr gut, dann bereiten den Tommys mal einen netten Empfang! Die Nordflanke muss wohl aufgrund des Ari-Angriffs neu vermint werden! Schaffen Sie das?"

„Wir geben unser Bestes! An Minen mangelt es uns nicht!"

„Sehr gut!"

„Wie sieht es mit den Pak aus?", wandte sich der Offizier einem Unterführer zu.

„Schlecht! Die Ari hat sie erwischt! Allerdings haben wir Panzerfäuste!"

Eine Gruppe Soldaten rannte über die Trümmer nach vorn.

„Vorsicht! Die Tommys rücken an", wurde ihnen entgegengerufen.

Sofort blieb die Gruppe stehen und ging hinter einer halb zusammengefallenen Steinmauer in Deckung. Nur einer rannte weiter. Es war der Gruppenführer. Als der Landser schließlich vor dem Offizier stand, gab er eine kurze Meldung ab.

„Unterscharführer Hämmerlein", stellte er sich, nach Luft ringend, vor.

Die rechte Seite des Gesichts war rußgeschwärzt. An der Feldbluse haftete angetrocknetes Blut. Über dem Auge des Soldaten befand sich eine Risswunde, die nicht mehr blutete. Die komplette Uniform war verschmutzt und durchnässt. Man sah dem SS-Mann sofort an, dass er während des Artilleriebeschusses im Freien gelegen hatte. Der Obersturmführer wusste, durch welche Hölle diese Männer gegangen waren. Granateneinschläge, wo man nur hinsah und man hatte keine Deckung. Das waren die Momente, in denen man zu Beten begann, egal wie weit weg man bis dahin von der Kirche, einem Gott und dem Glauben war.

„Wir waren mit unserem Granatwerferzug auf dem Weg nach

Cheux, als der Angriff losbrach."

„Wo sind die Fahrzeuge?"

„Auf der Landstraße, ungefähr eineinhalb Kilometer vor dem Dorf, aber es sind nur noch Wracks."

Der Offizier nickte, während der Unterscharführer weitersprach. „Sturmführer Ralsken ist gefallen. Vier weitere Soldaten ebenfalls. Ein Mann bringt die Verwundeten auf dem einzig unbeschädigt gebliebenen Lkw zurück zum Hauptverbandsplatz."

„Haben Sie noch funktionsfähige Werfer?"

Der Soldat nickte. „Wir haben zwei 8cm-Granatwerfer dabei."

„Granaten?"

„Ausreichend. Vor dem Dorf sind noch mehr gelagert, aber wir konnten nicht mehr tragen. Wir haben die Munition von dem einzig unversehrten Lastwagen abgeladen, um Platz für die Verwundeten …"

„Bringen Sie die Werfer sofort in Stellung! Jeder Mann, den Sie entbehren können, soll zurückgehen und die anderen Granaten holen. Ich gebe ihnen hierzu noch zwei weitere Männer mit", unterbrach der Offizier.

„Verstanden!"

Der Befehl wurde weitergegeben und zwei Schützen begleiteten den Landser der Werfergruppe.

„Schneller!", trieb Loos die Pioniere an.

Sie hatten sich bis vor das Dorf gewagt. Eine der vielen Wallhecken gab ausreichend Deckung. Während Gockel, Müller und Gromek fieberhaft mit ihren Spaten S-Minen eingruben, hatten sich Loos und Metz Stockminen geschnappt.

„Denkt auch an Zugzünder!"

„Wir haben alles dabei. Ein paar legen wir als Druckminen aus, die anderen werden mit Zugzünder versehen!"

Drei weitere Pioniere lagen mit einem MG 42 in Stellung und sicherten. Einer von ihnen blickte permanent durch ein Fernglas. Es regnete immer noch in Strömen. Der anmarschierende Feind konnte sie nicht, oder nur schlecht sehen.

Metz band eine der Stockminen in Kniehöhe an einen Baum. Der Zugzünder 42 war eingeführt. Der feine Draht wurde durch den Ring am Zugbolzen gezogen und mit einem Knoten befestigt. Das andere Ende des Drahtes band der Pionier an einem dickeren Zweig eines gut zwei Meter entfernten Busches fest. Er prüfte mit der Hand die

Spannkraft und war zufrieden. Er ging zurück zum Baum und entfernte die Sicherungsmutter. Würde ein Feind durch den Draht laufen, wäre die Wirkung verheerend. Die detonierende Stockmine konnte im Umkreis von 60 Metern tödlich sein. Der Minenkörper bestand aus Beton mit eingegossenen Metallsplittern.

Nachdem er die die dritte Stockmine platziert und den Draht gespannt hatte, kam die Warnung.

„Achtung! Ich sehe etwas!", zischte ihnen der Aufpasser schnell und aufgeregt zu.

Instinktiv ging Metz in Deckung, indem er sich flach auf die Erde legte. Der Pionier robbte bäuchlings zur Stockmine und entfernte dort die Sicherungsmutter. Ein letzter prüfender Blick, dann drehte sich Metz zur Seite, um zu sehen, ob die anderen auch schon fertig waren. Seine Kameraden waren auf einer Fläche von rund 200 Metern verteilt. Loos war etwa 50 Meter von ihm entfernt. Der Unterscharführer befand sich im Sichtschutz der Wallhecke und lief geduckt zum MG-Nest vor. Neben dem Pionier mit dem Fernglas ließ er sich zu Boden fallen. Er rang nach Sauerstoff. Als er sich einigermaßen erholt hatte, nahm er das Fernglas hoch und lugte durch. Sein Brustkorb hob und senkte sich immer noch rasend schnell. „Wo sind … sie?", keuchte er immer noch leicht außer Atem.

„Direkt vor uns. Sie verteilen sich über das Gelände und kommen in unsere Richtung."

Die schottische Infanterieeinheit war ausgeschwärmt. In gestaffelter Schützenkette marschierten sie auf Saint-Manvieu-Norrey zu. Sie hatten ihre Waffen nach vorn gestreckt. Eine Wand aus Menschen rollte auf sie zu und wollte beenden, was die Artillerie nicht geschafft hatte.

„Verdammt noch Mal", stieß Loos aus. „Das ist mehr als eine Kompanie!"

„Sollen wir loslegen?", fragte der Schütze I. Er war für den Kampf bereit.

„Um Himmelswillen, nein", beschwichtigte der Unterscharführer. „Das Feuerkommando gibt der Obersturmführer. Er hat Maschinengewehre und Granatwerfer in Position gehen lassen. Erst wenn die feuern, können auch wir schießen."

Der Schütze II drehte sich um. „Wie sieht der Rückzugsplan aus?"

„Ganz einfach", erklärte Loos und deutete dabei nach hinten. „Wenn es brenzlig wird, haut ihr hier ab und geht zurück zum Dorf. Wir nehmen jetzt alle Fähnchen raus. Ihr müsst entweder direkt im 90 Grad Winkel zu dem grauen Steinhaus laufen, dann links schwenken und über die Mauer springen …"

„Oder?"

„Oder?", grübelte der Unterscharführer, dann machte er eine abwertende Handbewegung. „Es gibt kein oder! Es wäre zu gefährlich, wenn ihr durch das mit Sprengfallen gesicherte Gebiet lauft. Macht es so, wie ich es gesagt habe!"

„Dann locken wir die Briten mal zu uns her", kam über die Lippen des Schützen I. Er kauerte ruhig hinter der vom Feind respektvoll genannten Hitlersäge und visierte bereits die ersten schottischen Infanteristen an. Vorsichtig legten diese Meter für Meter zurück und hielten schnurstracks auf die zerstörte Ortschaft zu.

Loos robbte zurück und stand auf, als er sicher war nicht vom Feind entdeckt zu werden. Er nahm Sichtkontakt zu seinen Männern auf und zeigte Gockel und den anderen an, dass Eile geboten war. Auf dem Weg zurück ins Dorf zogen sie die Warn-Fähnchen aus der Erde. Noch bevor sie alle eingesammelt hatten, ging es los. Hastig rupften sie die restlichen gelben Wimpel aus der Erde und verschwanden hinter der Mauer.

Das übliche *Plop*-Geräusch beim Abschuss einer Granate leitete das deutsche Abwehrfeuer ein. Sprengkörper für Sprengkörper wurde abgeschossen.

Plop – Wumm

Erste Detonationen beim Feind sorgten für Wirbel. Zwei MG 42 gesellten sich dazu.

Rrrrrt – rrrrt

Ihre Feuerstöße rissen sofort Lücken in die Schützenkette der anrückenden Schotten. Gegenfeuer flammte auf. Der Kampf um das kleine französische Dorf hatte begonnen.

Als die Pioniere am Maschinengewehr die ersten Schüsse wahrnahmen, krümmte auch hier der Schütze I den rechten Zeigefinger und zog den Abzug nach hinten durch. Immer wieder jagte er Feuerstoß um Feuerstoß aus dem Rohr des MG 42.

Rrrrrt – rrrrrt

Der Gurt rutschte flüssig durch, ein neuer wurde sofort nachgelegt. Es regnete wieder stärker. Der Himmel öffnete scheinbar seine Schleusen, um das Blut der Getroffenen wegzuwaschen.

Der Vorteil des MG 42 kam ins Spiel. Die ausgereifte Waffe war unempfindlich gegen Schmutz und Witterungseinflüsse.

Patrone um Patrone wurde abgefeuert. Erste Einschläge um die Pioniere herum sorgten dafür, dass die Schützen II und III ihre Köpfe einzogen. Der Schütze I hingegen kümmerte sich nicht darum. Er hatte sich regelrecht in einen Kampfrausch geschossen. Erst beim fälligen Rohrwechsel fiel ihm auf, dass sie ebenfalls unter Beschuss standen.

Mit Asbestlappen umfasste der Schütze II den heiß geschossenen Lauf, legte ihn beiseite und schnappte sich den zuvor bereit gelegten Ersatzlauf. In Rekordzeit war das Maschinengewehr wieder einsatzbereit.

„Wir müssen die Stellung wechseln. Sie haben sich auf uns eingeschossen", plärrte der Schütze III.

Bild 146 - Sammlung von Repro-Negativen, Archivtitel: Frankreich Invasionsfront bei Caen, MG-Schütze mit MG-42, 1944, 1944, Fotograf: Woscidlo, Wilfried, Bundesarchiv, Signatur: Bild 146-1983-109-14A

Immer wieder zischten Projektile über sie hinweg oder bohrten sich, kleine Erdfontänen aufwerfend, in den Boden. Blätter von Büschen, durch die die Geschosse der Schotten schlugen, wirbelten durch die Luft. Von einem Baum sprang Rinde ab.

„Zehn Meter nach links!"

Blitzartig packten sie zusammen und verlegten die Stellung. Der Sichtschutz durch die Wallhecke war ihr Vorteil. Alles lief ab wie auf dem Kasernenhof. Jeder packte mit an.

Am neuen Standort angekommen, stand die Waffe binnen Sekunden auf ihrem Zweibein und der Schütze I lag hinter dem MG. Er presste den Kolben an die Wange, ließ den Blick über das Visier schweifen und orientierte sich am Mündungsfeuer des Gegners, das auch durch die Regenwand gut zu erkennen war.

Wieder zuckte es grell an der Mündung des Laufs und Projektil um Projektil surrte auf die schottischen Soldaten zu.

Wumm

Irgendein schottischer Soldat hatte es unbemerkt auf Handgranatenwurfweite herangeschafft. Die Detonation war laut und die Ohren der Pioniere dröhnten. Über den Helm des Schützen I schürften Splitter.

„Verdammt! Wenn wir nicht gewechselt hätten, dann …"

„Rückzug!", fiel der Schütze II ins Wort.

Es war soweit. Sie hatten mit ihrer Waffe den Feind lange aufhalten können und ihn sicherlich auch angeschlagen, doch jetzt war der Moment der taktischen Räumung ihres Vorpostens gekommen. Der Schütze II zog eine Handgranate aus seinem Koppel, der Schütze III eine Nebelhandgranate. Beide rissen die Sicherungsschnüre ab und schleuderten die Sprengkörper in die gewünschten Richtungen. Nachdem diese explodiert waren, schnellten sie hoch und liefen in einem Winkel von 90 Grad zum Dorf.

Die künstliche Nebelwand schützte etwas. Das Sperrfeuer für den Rückzug war verhalten. Vereinzelt schossen ihre Kameraden mit den Karabinern. Der Gegner war für sie durch die vor ihnen liegende Wallhecke schlecht zu erkennen.

Stöhnend und keuchend erreichten die MG-Schützen die von Loos gezeigte Mauer. Der erste von ihnen sprang locker über die nur einen Meter hohe Steinmauer. Der Schütze III schaffte es ebenfalls problemlos. Der Schütze II, der mit beiden Händen noch Munitionskästen trug, stellte erst diese auf die Mauer. Als er den ersten Fuß oben hatte und mit einem Schwung über das Hindernis springen wollte, traf ihn ein

Schlag in den Rücken. Es war, als würde eine riesige Faust auf sein Schulterblatt hämmern. Der Schmerz war stechend und es brannte so, als hielte jemand ein glühendes Eisen an das Fleisch. Ein Schrei gellte aus dem Mund des jungen Soldaten. Die Wucht des Geschosses, welches das linke Schulterblatt zerschmetterte, war so groß, dass er nach vorn über die Mauer fiel. Als er auf der anderen Seite auf dem Boden aufschlug, schrie er ein zweites Mal.

„Ahh".

Der Schmerz war so heftig, dass der Verwundete das Bewusstsein verlor.

„Schnell! Wir müssen ihn nach hinten ziehen! Sanitäääääter!"

Loos kam angelaufen. „Hier gibt es keinen Sani! Hier sind nur wir."

„Ich mach das schon", rief Gockel und fingerte beim Herlaufen bereits ein Verbandspäckchen aus der Uniformbluse. Es war sein Letztes.

„Ans Gewehr! Sie kommen!"

Der Schütze III übernahm die Aufgabe des Schützen II. Dieser wurde erstversorgt. Hände klatschten gegen die Wangen. „Hierbleiben, Kamerad. Nicht wegkippen!"

Leichtes Blinzeln. Stöhnen. Die Mimik des Gesichts verriet das Leiden.

Ein Messer zerschnitt die Uniform. „Die Kugel ist drin geblieben. Er muss ins Lazarett! Schnellstens!"

Das Maschinengewehr war schussbereit. Die Nebelwand hing nur noch fetzenartig über dem Gelände und war im Begriff, sich vollkommen aufzulösen.

„Sie sind an der Wallhecke!"

Die Projektile klatschten gegen Steinmauer. Querschläger pfiffen durch die Luft.

Wumm

„Jetzt ist einer von denen in eine Sprengfalle geraten!"

Die Schreie der Verwundeten hallten bis zu ihnen herüber. Die kurzzeitige Verwirrung wurde vom Schützen I genutzt. Er klemmte sich hinter seine Waffe und feuerte Salve um Salve in Richtung Wallhecke.

Rrrrt ... rrrrt

Wumm

Eine zweite Detonation übertönte den Gefechtslärm. Lautes Geschrei war zu hören. Warnrufe übertönten das Gebrüll und Jammern der Verletzten.

„Die Tommys haben definitiv die Sprengfallen gefunden!"

Ein Querschläger streifte die Wange von Unterscharführer Loos. Blut trat aus der Wunde und floss in den Kragen. Gockel hatte den Schützen II versorgt, als ihm die Wunde im Gesicht seines Gruppenführers auffiel.

„Das muss verbunden werden! Es sieht schlimm aus!"

„Ist es aber nicht", entgegnete Loos schroff. Er lag hinter der Steinmauer und versuchte zu erkennen, was beim Feind vor sich ging. „Ist nur 'n Kratzer", meinte er schließlich und wischte mit der Hand über die blutende Wunde. Erstaunt sah er auf die rotgefärbte Hand. Er fummelte ein Taschentuch aus der Hosentasche und presste es auf die Wange. „Mist!"

Wumm ... wumm ... wumm

Drei Detonationen hintereinander folgten. Erdfontänen spritzten nach oben. Steinbrocken wurden herumgeschleudert. Der Schütze I war in Deckung gegangen.

„Sie feuern mit Granatwerfern! Wir müssen wieder die Stellung wechseln."

Wumm ... Rums ... Wumm

Wieder schlugen drei oder vier Granaten in unmittelbarer Nähe in die Erde. Eine wuchtete gegen das Gebäude neben ihnen. Das Mauerwerk bekam einen Riss. Wo sich zuvor ein Fensterrahmen befand, klaffte ein großes Loch.

„Weg hier!", brüllte Loos so laut er nur konnte, um den Lärm zu übertönen. „Nehmt den Verwundeten mit!"

Metz und Gockel schleiften den vor Schmerzen schreienden Landser hinter das Haus. Müller kam nachgelaufen. In dem Moment, als Loos und die MG-Mannschaft aufspringen wollten, krachte es mehrfach.

In Zugstärke und unter dem Schutz des eigenen Sperrfeuers wollten die schottischen Truppen frontal vorwärts stürmen und gerieten in das zuvor eilig verlegte Minenfeld. Als die ersten drei von zwölf verlegten S-Minen explodierten und die Verletzten schreiend auf der Erde lagen, stockten die schottischen Soldaten. Offenbar war der führende Offizier gefallen. Sie zögerten für einen Moment und überlegten wohl, ob sie den Angriff fortsetzen oder abbrechen sollten. Der Granatwerferbeschuss war verebbt. Der Schütze I nutzte diese Gelegenheit und schob das MG 42 wieder über die Mauer. Er presste den Kolben fest in die Schulter und drückte ab.

Rrrrrt ... rrrt
Bereits mit der ersten Garbe lag er im Ziel. Sein Feuer hatte verheerende Wirkung. Nach wenigen Minuten lag ungefähr die Hälfte des feindlichen Zuges blutend im Gras. Immer wieder hämmerte der Pionier seine Projektile dem Feind entgegen, bevor das Sperrfeuer wieder aufflammte.

Beim ersten Granateneinschlag wurde das Maschinengewehr sofort zurück hinter die Mauer gezogen und der Landser folgte seinen Kameraden. Zwischenzeitlich hatten die Pioniere die Straßenseite gewechselt. Das zerschossene Gebäude bot zahlreiche Deckungsmöglichkeiten. Die Straße vor ihnen war gut einzusehen, aber nur schwer zu überwinden. Überall lag Schutt. Metz und Loos hatten zudem an zwei markanten Punkten, die vom Gegner zwangsläufig durchlaufen werden mussten, wieder Stockminen angebracht.

Auch auf der anderen Seite des Dorfes herrschte heftiger Kampf. Unter schweren Verlusten war es den schottischen Infanteristen dort gelungen den Dorfrand zu erreichen, doch sie mussten sich jedes einzelne Haus, jede Stellung und jeden Meter an Straße erbittert erkämpfen. Die Männer der *12. SS-Panzer-Division „Hitlerjugend"* wichen partout nicht zurück und leisteten fanatischen Widerstand. Als nach einer Stunde harten Kampfes und trotz der Überlegenheit der britischen Einheit, kaum ein Geländegewinn zu verzeichnen war, wurden Panzer angefordert.

Die Pioniere hatten zwischenzeitlich ebenfalls Unterstützung erhalten. Ein Zug Grenadiere war zu ihnen vorgestoßen. Zudem befand sich unter ihnen ein Teil der Werfergruppe. Schnell war das Wurfgerät in Stellung gebracht.

„Gott sei Dank. Wir hätten das allein nicht mehr geschafft", stieß Loos erschöpft aus.

Seine Wunde brannte. Trotz des Regenwetters schwitzte er. Der Sanitäter, der mit den Grenadieren mitgekommen war, versorgte die Wunde an der Wange. „Das muss genäht werden. Sieht übel aus!"

„Schmier` mir irgendwas drauf!"

„Keine Angst, das mache ich auch", antwortete der Sanitäter und desinfizierte die Wunde mit Jodtinktur.

„Aua!"

„Halte still!"

„Kümmere dich um den angeschossenen Kerl mit der Schulterverletzung!"

„Ruhig jetzt!", wurde der Sanitäter laut. „Mein Helfer ist schon bei ihm. Er kommt auf die Bahre und wir tragen ihn nach hinten. Dort ist eine Verwundetensammelstelle eingerichtet", erklärte er, während er sich um die verletzte Wange kümmerte.

Ein Scharführer der Grenadiere war in eines der zerschossenen Häuser gegangen. Auf seinem Rücken hing ein Scharfschützengewehr, in der Hand hielt er eine MP 40. Die Treppe war noch intakt.

„Gutes Eichenholz", sagte er zu sich selbst.

Vorsichtig schritt er die Stufen ins Dachgeschoss hoch. Das Ziegeldach war nur noch zur Hälfte vorhanden. Überall klafften Löcher. Das Gebälk war jedoch weitgehend unversehrt. Der staubige Holzboden war vom Regen nass. Ein altes Schaukelpferd lag in einem Eck. Eine Kiste mit Kleidern war seitlich aufgerissen. Ansonsten sah der Soldat der Waffen-SS nur ausgediente Dinge, die man auf allen Dachböden der Welt vorfinden würde. Schnell war er zu einem der größeren Löcher im Dach gehuscht. Vorsichtig lugte er hinaus. Die Sicht zum Feind war trotz des schlechten Wetters einigermaßen gut. Der Regen verhinderte ein Spiegeln, also zog er den Feldstecher nach oben. Auch bei den Briten tummelten sich Sanitäter auf dem Feld. Die Wallhecke verhinderte eine direkte Sicht auf die Szenerie, doch der Deutsche vermutete dort einen Feldverbandsplatz. Weiter hinten stellte er regen Fahrzeugverkehr fest.

Sicherlich Sankas, vermutete er.

Während die verwundeten schottischen Infanteristen geborgen wurden, kämpften sich andere an die Häuserzeilen heran. Die erste Gebäudereihe war bereits besetzt. Der Scharführer sah von oben die Tellerhelme des Feindes. Obwohl er kein ausgebildeter Scharfschütze war, hatte er sich vor drei Wochen vom Waffen-Scharführer ein Scharfschützengewehr aushändigen lassen. In Russland hatte der Gruppenführer die Vor- und Nachteile dieser Waffengattung bestens kennengelernt. Scharfschützen waren verhasst und gefürchtet.

Er brachte den K 98 mit Zielfernrohr nach vorn und legte an. Der Scharführer musste sich anfangs daran gewöhnen, durch Optik die Gesichter der Männer zu erkennen, auf die er feuern würde. Den letzten Skrupel hatte er jedoch an der Ostfront abgelegt. Dort war er zu dem geworden, was er heute ist. Ein eiskalter und hart kämpfender Soldat, der den Mann mit dem roten Kreuz auf der Armbinde respektierte und den

Mann mit dem Gewehr in der Hand tötete. Er war gefühllos.

Nach wenigen Sekunden hatte der Scharführer den ersten Schotten im Visier. Er sah den Soldaten nur von hinten. Der Schotte stand mit einer Sten-MP in der Hand da und winkte eine Gruppe Infanteristen zu sich her.

„Du hast dich zu weit aus der Deckung gewagt", flüsterte er, hielt die Luft und atmete leicht aus.

Der Schuss krachte, das Projektil traf den Schotten im Rücken. Dieser sackte augenblicklich zusammen. Tumult wurde ausgelöst!

Der Scharführer repetierte und legte erneut an. Diesmal blickte einer der Feinde direkt zu ihm hoch.

Sie suchen bereits nach dem ersten Schuss nach mir.

Der Brite konnte seine Vermutung nicht mehr aussprechen oder zeigen. Der Schuss traf ihn zwischen die Augen.

Jetzt zog der Scharführer das Gewehr zurück und setzte für einen Moment zur Seite. Er betrachtete das mit Staub bedeckte Schaukelpferd und dachte an seine beiden Töchter zu Hause in Berlin. Er repetierte und ging geduckt zum nächsten Loch im Dach. Von hier aus feuerte er das Magazin leer. Drei weitere Briten lagen danach angeschossen oder Tod auf der Erde. Der Scharführer legte leidenschaftslos einen neuen Ladestreifen ein und ging zurück zur ersten Öffnung.

Immer mehr schottische Soldaten drangen in Staint-Manvieu-Norrey ein. Einer war in eine Sprengfalle gelaufen und wurde von den Splittern zerfetzt. Das Chaos nutzte der Schütze und suchte sich erneut zwei Opfer. Der erste Schuss traf, der zweite ging daneben. Als er ein drittes Mal anlegte, schlugen Projektile ins Gebälk. Ein Geschoss pfiff heiß an seinem Ohr vorbei. Sie hatten ihn entdeckt. Es war Zeit zu verschwinden. Der Scharführer packte zusammen, hängte sich den Karabiner auf den Rücken, nahm die MP 40 in die Hand und verließ den Dachboden. Er würde zwei oder drei Häuser weiterziehen und dort von vorn beginnen.

„Sie kommen wieder!", wurde warnend durchgegeben.

Schottische Soldaten pirschten an einer Hauswand entlang, stiegen über einen Steinhaufen und verteilten sich im ausladenden Garten eines Gehöfts. Ihnen schlug Gewehrfeuer entgegen. Die deutschen Verteidiger befanden sich im Haupthaus des Gehöfts. Die Alliierten erwiderten den Beschuss. Zwei von ihnen pirschten sich zudem an das Gebäude heran und warfen Eierhandgranaten durch die Fenster. Nach den

Explosionen stürmten sie das Haus. Weitere Schüsse krachten. Schreie waren zu hören. Schnell lief die gesamte Gruppe zum Haus und drang ein. Wieder knallten Schüsse. Eine weitere Handgranate detonierte. Panisch plärrte der Funker in seinen Apparat. Sanitäter wurden benötigt. Der schottische Leutnant konnte nicht begreifen, wie zwei blutjung aussehende deutsche SS-Soldaten sieben Männer seiner Gruppe ausschalten konnten.

Sie gaben nicht auf, sie starben in den Ruinen des kleinen französischen Dorfes den Heldentod. In vielen Köpfen der „Hitlerjugend" hatte sich die Nazi-Ideologie derart festgesetzt, dass sie unfähig waren menschlich zu denken. Sie glaubten fest daran, dass sie als Elitesoldaten unbesiegbar waren und für das einzig Wahre kämpften.

Was macht der Krieg nur aus den Menschen, fragte sich der britische Offizier und war am Verzweifeln. Überall sah er Blut. Die Verwundeten wimmerten. Vier seiner tapfersten Kämpfer waren tot, drei verwundet.

„Panzer", ging es von Schützenloch zu Schützenloch, von Stellung zu Stellung und Widerstandnest zu Widerstandsnest.

„Wir müssen unbedingt T-Minen holen. Die 43er Pilz mit Sprengkapselzünder! Haben wir davon noch welche?", stieß Unterscharführer Loos den neben ihm liegenden Horst Metz an.

Metz war als letzter beim Munitionswagen gewesen.

„Einige. Die waren mit ihren roten Markierungen gut zu erkennen."

Loos nickte. „Sehr gut, dann nimm Gockel mit und bring die Dinger her!"

Der Befehl wurde sofort ausgeführt. Die beiden Pioniere huschten über die Hinterhöfe zu ihrer ursprünglichen Unterkunft. Sie hörten erste Panzerkanonen feuern. Überall knallte oder loderte es. Sie hatten Angst, doch keine Zeit darüber nachdenken. Keuchend erreichten sie den Anhänger mit den Minen. Metz holte nacheinander vier T-Minen 43 (Pilz) heraus. Jede von ihnen wog 9,9 kg. Dann schnappte sich Metz den Kasten mit den Zündern. Mit spielender Fingerfertigkeit setzte er die Sprengkapselzünder ein. Gockel saß indessen auf dem Boden und rauchte. Er blickte stumm vor sich hin und sprach kein Wort.

„Fertig!"

Jeder nahm links und rechts je eine der Minen, dann liefen sie zurück. Die Stellungen waren schon wieder verschoben worden. Der Druck der Schotten wuchs an.

Wumm

Erste Panzergranaten schlugen ein, doch die Stahlkolosse kamen nur äußerst langsam voran. Sie hatten in den engen und voller Schutt liegenden Straßen von Saint-Manvieu-Norrey ihre Schwierigkeiten. Immer wieder mussten sie vor engen Gassen, Wegen oder Sträßchen stehen bleiben, zurücksetzen und andere Wege suchen. Waren sie den eigenen Infanteristen zu weit vorausgefahren, schlugen die deutschen Grenadiere zu.

Einer der jungen SS-Männer öffnete eine der Kisten mit den Panzerfäusten. Er nahm eine der vier Panzerbekämpfungsmittel heraus und robbte wieder zu seinem alten Platz. Hinter einer halb zertrümmerten Steinmauer kauerte er, bis der Motor des anrückenden Panzers im Leerlauf zu brummen schien. Ein schneller Blick über das Gemäuer und blitzschnell den Kopf wieder einziehen. Der Panzer stand rund 30 Meter von ihm weg.

Eine perfekte Entfernung.

Darauf hatte er gehofft. Es gab keinen anderen Weg. Die enge Straße wurde an der Stelle, an der er sich postiert hatte, kurvig. Das Folgestück der Strecke war dann so verwinkelt, dass ein Panzer nicht durchfahren konnte. Eine tödliche Falle. Der Angehörige der *Division „Hitlerjugend"* machte die Panzerfaust scharf und klappte das Visier hoch. Es war auf 30 eingestellt. Mit dem Daumen schob er den Sicherungsschieber auf die Stellung „entsichert" nach vorn. Das Herz des Grenadiers klopfte wild. Die Knie wurden weich. Er musste genau zielen.

Wenn mich das Bord-MG erwischt, ist es aus, durchfuhr es ihn, doch er wollte seinen Plan endlich in die Tat umsetzen. Sein Gruppenführer konnte ihn sehen. Er lag zehn Meter weiter rechts.

Ob ich dafür das Eiserne Kreuz bekomme, fragte sich im Stillen, dann fasste er all seinen Mut zusammen und ging nach oben. Ruhiger als erwartet hielt er die Panzerfaust im Anschlag. Vor ihm befand sich der feindliche Panzer. Das Rohr des Kolosses drehte sich gerade. Der Grenadier drückte auf die Klinke. Die Treibladung wuchtete die explosive Hohlladung in Richtung des britischen Panzers. Der Feuerstrahl der Panzerfaust schoss nach hinten ins Freie.

Wumm

„Treffer!", jubelte der Grenadier, warf die abgeschossene Waffe zur Seite und rannte zu seinem Gruppenführer.

Der getroffene Panzer qualmte stark. Feuerzungen krochen empor. Die Mannschaft bootete aus. Einer schoss aus einer MP und brach im Kugelhagel zurückschießender Landser zusammen.

Wumm

Eine zweite Explosion erschütterte den Panzer, der jetzt gänzlich in Flammen stand.

„Gut gemacht!", lobte der Gruppenführer den stolzen Panzerknacker, der sich bereits die nächste Panzerfaust aus der Kiste holte.

Aufgrund fehlender Panzerabwehr fuhren immer mehr britische Stahlfestungen in die Ortschaft. Räumpanzer befreiten die Hauptstraße von Schutt und anderen Hindernissen.

Auch bei Stellungen der Pioniere rückten feindliche Panzer vor. Und auch hier waren sie in den Seitenstraßen, Nebenwegen und an vielen weiteren Stellen den Tücken des zerschossenen Dorfes ausgesetzt.

Schwere Ketten zermalmten Steine unter sich. Motoren dröhnten, die Ruinen vibrierten. Loos hatte sich eine der Minen gepackt.

„Zwei Mann mit mir! Wir müssen den Panzer umgehen und ihn von hinten packen!"

„Und wenn Infanterie dabei ist?", fragte Gromek. Todesangst spiegelte sich in seinen Augen wider.

„Ich komme mit", stieß Metz aus.

Die Entschlossenheit des Minenspezialisten riss Gromek mit. Wortlos packte er seinen Karabiner, nahm eine zurecht gelegte Handgranate und schob sie in das Koppel.

Wieder donnerte eine gewaltige Detonation durch Saint-Manvieu-Norrey. Eine in den Himmel schießende schwarze Rauchsäule zeigte an, wo gerade zwei Tonnen Stahl zerstört worden waren.

Zu dritt verschwanden die Landser aus dem Sichtfeld ihrer Kameraden. Rauchschwaden wurden vom Regen niedergedrückt. Es roch überall nach Ruß und verkohltem Holz. Der Gruppenführer lief voraus, dicht gefolgt von Metz und Gromek. Jeder trug eine der T-Minen in der Hand. Loos durchquerte einen Garten, kroch unter den Trümmern einer Scheune durch und ging dann an einer Hauswand entlang. Dicht presste er sich an den kalten, nassen Stein. Vor ihnen huschten Grenadiere zurück. Immer wieder drehten sie sich um.

„Vorsicht! Panzer", warnte einer von ihnen.

„Wo?"

„Er kommt direkt hierher. Die Straße lässt gar nichts anderes zu."

„Infanterie dabei?"

Der Grenadier nickte.

„Dann lauft noch ein Stück die Straße entlang, geht dort in Deckung und nehmt die Tommys unter Beschuss, wenn sie hier auftauchen!"

„Sie werden hier auftauchen!"

Der Grenadier blickte auf die T-Minen. „Was habt ihr vor?"

„Wir knacken die Sardinenbüchsen", zischte Loos aus und überquerte die Straße.

Auf der anderen Seite rannte er geduckt zu einem Krater mit etwa drei Metern Durchmesser und lege sich hinein.

„Schneller", plärrte er Metz und Gromek zu. „Nehmt das Blechdach von dem eingefallenen Schuppen mit!"

Beide sahen das Blech. Es war groß genug, um den Krater abzudecken. Augenblicklich erkannten sie den Plan des Unterscharführers und wenige Augenblicke später harrten sie dicht gedrängt zu dritt im Krater. Das Blechdach lag flach über ihnen. Sie waren unsichtbar geworden.

„Sobald wir das Monstrum hören, springen wir raus, hauen ihm ein oder zweit Minen um die Ohren und verschwinden wieder."

„Und die verdammte Infanterie?", fragte Gromek erneut.

„Der knallst 'ne Handgranate auf den Pelz!"

Sie machten sich bereit. Das Brummen eines Panzermotors lag permanent in der Luft, doch es wurde nicht lauter. Sie mussten warten. Ein nervenzerfetzendes Spiel um Leben und Tod begann. Geräusche. Befehle. Stiefelschritte.

„Here, Sergeant", brüllte jemand.

Ein paar Männer rannten in ihrer Nähe vorbei. Als ein oder zwei Schotten am Rand des Kraters beim Vorbeilaufen auf das Blechdach traten, standen die Herzen der drei darin kauernden Pioniere schier still. Jeder hatte seine Schusswaffe fest im Griff, die Mündungen zeigten nach oben, die Finger lagen an den Abzugsbügeln. Das Blech blieb liegen. Aufatmen. Jetzt wurde das Motorengeräusch lauter. Loos ließ seine MP los und packte mit der rechten Hand den Griff der T-Mine (Pilz) 43. Seine linke Hand lag an der Unterseite des Bleches und war bereit, das Dach zur Seite zu stoßen. Etwas ließ ihn noch verharren. Immer wieder hörte er englische Wortfetzen. Etwas knackte.

„Ein Funkgerät", flüsterte er seinen Kameraden zu. „Sie sind hier in Stellung gegangen."

„Und jetzt?", fragte Metzt. Er fühlte sich elend. Er saß in einem Loch, umringt von schottischen Soldaten. Er wollte weder sterben, noch in Gefangenschaft geraten. Am liebsten hätte er aus Verzweiflung losgeschrien.

„Gebt mir mal ´ne Minute Zeit."

Gromek sagte gar nichts. Er hielt Karabiner und Handgranate bereit.

Jetzt war der Panzer in unmittelbarer Nähe. Er musste rangieren, da unüberwindbare Trümmer auf der Straße den direkten Weg für ihn unzugänglich machten. Schüsse mehrten sich. Wieder rannten Soldaten vorbei.

„Wenn mich nicht alles täuscht, befindet sich die begleitende Infanterie jetzt vor dem Panzer."

„Und das Funkgerät?"

„Du wirst doch keine Angst vor Nachrichtern haben, Gromek, oder?"

„Zum Teufel! Natürlich habe ich Angst. Aber deshalb bin ich noch lange kein Feigling!"

„Beruhige dich", fuhr Metz dazwischen. „Ich habe genauso die Hosen voll. Ist doch klar. Und wenn Michael die Wahrheit sagt, fühlt er sich auch nicht wohl in seiner Haut!"

Sekundenlanges Schweigen.

„Es stimmt, was Metz sagt!"

Dieses Geständnis gab Gromek die nötige Sicherheit zurück, die er brauchte, um aus dem Krater ausbrechen zu können.

„Bei drei stoßen wir das Dach zur Seite. Wir schießen uns den Weg frei und der erste Mann am Panzer wirft seine T-Mine."

„Die Dinger wiegen zehn Kilo und wir müssen abhauen. Wir können die nicht mitschleppen. Warum werfen wir nicht alle drei Minen?"

„Einverstanden! Hauptsache wir knacken den Panzer!"

Der Rangiervorgang war deutlich zu hören. Der Panzer krachte gegen eine Mauer, die an der Zusammenstoßstelle einstürzte.

„Jetzt!"

Sie sprangen hoch, das Blechdach flog zur Seite. Der Panzer stand auf der Straße. Sie mussten sich lediglich ein paar Meter nähern. Loos erkannte die Stellung der Nachrichter als erstes. Zwei Briten saßen vor einem Funkgerät. Zwei Offiziere standen daneben. Eine Gruppe abgekämpfter Schotten saß oder lag ebenfalls nächst den Funkern. Erst auf dem zweiten Blick erkannten die Landser, dass es sich um geborgene Verwundete handelte. Ein Sanitäter ging von Mann zu Mann.

Der Unterscharführer konnte seine Mine nicht werfen. Er legte sie ab und feuerte mehrere Salven aus seiner MP in Richtung der Funker.

Gromek und Metz sprangen aus dem Krater und liefen in Richtung des Panzers. Beide zogen die entsicherten Stifte heraus und schleuderten die zehn Kilogramm schweren Sprengkörper auf den Stahlkoloss. Während die Mine von Metz am Heck des Panzers liegen blieb, schlitterte die von Gromek zum Turm. Ihnen blieben zehn Sekunden, um in Deckung zu gehen. Sie liefen geduckt zurück zum Krater und pressten sich auf den Boden. Auch Loos ging runter. Seine MP-Garben hatten einen Offizier und einen der Nachrichter getroffen sowie das Funkgerät zerfetzt. Die anderen hatten sich durch Sprünge zur Seite gerettet. Es gab kein Gegenfeuer. Der Angriff kam zu überraschend.

Wumm

Beide Minen detonierten zeitgleich. Das Geräusch war ohrenbetäubend. Der Turm des Stahlkolosses wurde vom Chassis abgetrennt. Feuerblitze zuckten aus allen Ritzen und Öffnungen. Eine noch gewaltigere Folgeexplosion zerriss den Cromwell. Eisenteile schwirrten umher. Ein Feuerpilz schoss in die Höhe.

Loos fing sich als erster. „Raus hier", plärrte er, packte seine T-Mine und lief voran.

Metz und Gromek folgten. Die Pioniere sprangen über die durch die Detonation völlig eingefallene Gartenmauer. Erst jetzt pfiffen ein paar Projektile an ihnen vorbei.

„Hier entlang", zeigte Metz, übernahm die Führung und rannte in eine schmale Gasse. Der Weg war nicht breiter als einen Meter. Loos zündete die Mine und schleuderte sie hinter sich auf die Straße. „Deckung!"

Sie duckten sich und pressten sich dicht an die Hauswand.

Wumm

Der Knall war extrem laut. Jemand schrie.

„Links weiter. Dort geht es zu unserem alten Unterstand!"

Die beiden anderen verstanden Metz nicht. Ihre Ohren dröhnten immer noch aufgrund der Lautstärke der Explosion. Beide empfanden leichtes Taubheitsgefühl. Sie folgten Metz, der sie sicher durch die Gärten führte. Plötzlich tauchten Schotten vor ihnen auf. Beide Parteien waren überrascht. Metz brachte seinen Karabiner in Anschlag, doch der Schotte fiel tödlich getroffen zu Boden, bevor der Pionier abdrücken konnte. Ein weiterer Schotte erhielt einen Kopfschuss. Ein dritter Brite feuerte, traf Gromek in die Brust und kippte dann selbst getroffen um.

Die restliche Gruppe der britischen Soldaten blieb in Deckung. Loos, der sich schnell über Gromek gebeugt hatte, zog rasch die Hundemarke des Gefallenen ab und schnellte wieder nach oben. „Tot! Herzschuss! Weiter", stieß er aus.

Metz nickte und lief weiter voraus. Er änderte die Laufrichtung. „Hierher", brüllte jemand.

Loos sah einen Grenadier heftig winken, hörte aber dessen Rufe nicht. Sie änderten abermals die Fluchtrichtung, stürzten völlig außer Atem hinter die Ruine einer Hauswand auf den Boden und lehnten sich an. Beide waren anfangs unfähig zu sprechen. Metz hatte sich fast überanstrengt, konnte aber einen anfänglichen Brechreiz unterdrücken.

„Wo kommen Sie denn her?", fragte ein Sturmführer.

Das dumpfe Gefühl in den Ohren des Unterscharführers ließ nach. Loos war froh darüber und berichtete in knappen Worten was passiert war. „Habt ihr uns freigeschossen?", hauchte er am Ende aus.

„Nein, das war Scharführer Rossmann. Er hockt dort vorn auf einem Dachboden. Die Tommys haben ihn schon umringt, kommen aber nicht ran. Rossmann hat sich ein Scharfschützengewehr geschnappt und knallt ab, was ihm vor die Flinte kommt", antwortete einer der Grenadiere.

„Von Tommys umringt? Warum holen wir ihn nicht …"

„Haben wir versucht, aber wir sind nicht rangekommen. Sie sind zu stark."

„Und jetzt?"

Die Antwort wurde ihnen genommen.

Wumm … wumm

Granatwerferbeschuss. Mehrere Salven hieben ein. Dann vibrierte der Boden. Der Feind stürmte erneut vor. Diesmal wurden die Infanteristen von einem Flammwerfer-Panzer unterstützt. Minuten später stand das betreffende Haus in Flammen. Gleichzeitig rückten die Briten noch weiter vor.

Die Grenadiere mussten sich nach einem Feuerwechsel zurückziehen. Zwei Straßen weiter fanden sie wiederum gute Deckung. Ein Nachrichtenmann suchte den Offizier der Einheit und fand ihn.

„Wir ziehen uns zurück, Herr Sturmführer", teilte der Nachrichter mit. „Ich meine, der Befehl zum Rückzug wurde erteilt. Das Dorf wird vorerst aufgegeben."

„Wir kommen hier aber nicht raus!"

„Dann warten wir bis es dunkel wird. Bei unserem alten Unterstand ist ein Keller im Garten. Dort können wir erst einmal unterkriechen", schlug Loos vor.

„Zusammen mit dem Nachrichter habe ich noch vier Männer hier. Mit Ihnen beiden sind wir zu sechst. Ich finde den Vorschlag gut. Weg hier, solange uns die Briten noch die Möglichkeit dazu lassen", befahl der Offizier.

Abermals huschten sie zwischen den Trümmern durch. Zwei weitere versprengte Landser stießen hinzu. Sie berichteten von vermehrtem Auftauchen der Flammenwerfer-Panzer.

„Mit denen machen sie uns wörtlich Feuer unterm Hintern! Sie spuckten das Flammöl aus und jedes Deckungsloch musste geräumt werden. Feuer, wohin man nur sah! Es ist die Hölle!"

Sie kamen beim Keller an. Die Pioniere legten mit ihren Restbeständen an Minen noch mehrere Sprengfallen aus. Mit den letzten sechs T-Minen (Pilz) 43, die zur Panzerbekämpfung bestimmt waren, stiegen sie die Kellerstufen hinunter. Abermals kroch der Geruch von Moder und faulen Äpfeln in die Nasen der deutschen Soldaten. Jemand zündete die Kerze an. Eingetrocknetes Blut zeigte die Stelle an, an welcher der verwundete Kerner behandelt worden war.

„Zwei der Männer sollen als Beobachter draußen bleiben. Irgendwo wird sich bestimmt ein sicherer Unterschlupf finden lassen."

„Ich habe hier unten keinen Empfang", stellte der Nachrichter fest.

„Dann setzen Sie jetzt einen Funkspruch ab und teilen Sie dem Kompanie- oder dem Bataillonsgefechtsstand mit, dass wir uns hier verbarrikadieren und in der Nacht einen Ausbruch wagen!"

„Zu Befehl!"

Die Verteidiger von Saint-Manvieu-Norrey mussten der britischen Übermacht weichen. Gegen Mittag war der harte Kampf vorbei, doch zur Ruhe kam es in dem französischen Dorf nicht. Immer wieder kam es zwischen Briten und versprengten deutschen Soldaten zu kleineren Scharmützeln.

Beim deutschen Bataillonsgefechtsstand rotierten die Nachrichter. Mehrere Funksprüche gingen aus der umkämpften Ortschaft ein.

„Herr Sturmbannführer", meldete ein Nachrichter schließlich.

„Wieder ein Funkspruch. Es sind noch mehr Männer im Dorf, als ursprünglich angenommen."

„Sie kommen nicht von allein raus", murmelte dieser. „Dann müssen wir sie eben rausholen!"

Am Abend lief eine deutsche Gegenoffensive an. Die *12. SS-Panzer-Grenadier-Division „Hitlerjugend"* wurde diesmal von Einheiten der *21. Panzer-Division* unterstützt.

Erneut tobte ein harter Kampf um die Ruinen von Saint-Manvieu-Norrey. Mündungsfeuer, zuckende Blitze und Flammen erhellten die Nacht. Die eingeschlossenen Soldaten schlüpften aus ihren Verstecken und kämpften sich den Weg frei.

Metz knackte seinen zweiten Panzer. Der Sturmführer wurde von einem Splitter verletzt, einer der Grenadiere fiel. Für einen Moment glaubten sie den Kampf gewonnen zu haben, doch der Feind wurde erneut verstärkt. Zudem begannen die Allliierten damit, ihre Infanterie- und Panzerkräfte mit Artillerie zu unterstützen.

Als die Granaten zum zweiten Mal binnen eines Tages auf die deutschen Truppen herab fielen und weiteres Handeln lähmten, mussten sie sich schließlich gänzlich zurückziehen.

„Beißen Sie die Zähne zusammen. Wir lassen Sie nicht im Stich", presste Metz aus und schleppte zusammen mit Unterscharführer Loos den verletzten Offizier aus dem Dorf.

Immer wieder waren sie gezwungen in Deckung gehen. Die schweren Sprenggranaten wuchteten pausenlos ein. Splitter surrten umher. Als sie endlich ihre eigenen Reihen erreichten, war Metz am Ende seiner Kräfte.

„Wir ... haben ... es geschafft", keuchte er. „Ich habe Ihnen ja gesagt, dass wir ... Sie nicht ... im Stich lassen."

„Sanitäter, hierher", rief jemand.

Die *Operation Epsom* brachte nur Teilerfolge. Zwar konnte anfänglich ein Brückenkopf über den Odon gebildet werden, doch musste man diesen aufgrund des heftigen deutschen Widerstandes wieder räumen.

Bis zum 30. Juni 1944 verloren die britischen Einheiten an diesem Frontabschnitt rund 4.000 Soldaten.

Als sich die beiden Metz-Zwilllinge im September 1944 zum ersten Mal wiedersahen, hatte die *12. SS-Panzer-Division „Hitlerjugend"* nur noch eine Kampfstärke von 2.000 Mann.

Beide Brüder waren jeweils mit dem Eisernen Kreuz II. Klasse ausgezeichnet worden.

Im November 1944 wurde die in der Normandie vernichtete Division nach Nienburg verlegt und aufgefrischt.

Neu aufgestellt nahm sie anschließend an der *Ardennen-Offensive* teil.

Ende

Glossar zum Roman:

G 43 (Gewehr 43) auch K 43 (Karabiner 43) genannt	Eine verbesserte Version des leidlich erfolgreichen *Gewehr 41*. Geplant war die Ablöse des *Karabiner 98k* als Standard-Infanteriewaffe der Wehrmacht. Ab 1943 bis zum Kriegsende wurden vom Hersteller, Carl Walther GmbH, den Gustloff-Werken und der Berlin-Lübecker Maschinenfabrik, ca. 450.000 Stück produziert. Etwa 10 % hiervon waren mit einem Zielfernrohr ausgerüstet und für die Scharfschützenabteilungen vorgesehen. Die Waffe war aufgrund ihrer Robustheit sehr beliebt. Kaliber 7,92 x 57 mm

Geballte Ladung *(originär)*	vorgefertigtes Sprengmittel in Quaderform, Maße: 7,6 x 16,4 x 19,5 cm, Gewicht mit Tragering: 3 kg Sprengstoff
geballte Ladung *(mehrere Handgranatensprengköpfe werden um eine Stielhandgranate gebunden)*	Notbehelf zum Sprengen von Hindernissen, Unterständen oder zur Abwehr von Panzerfahrzeugen *(letzteres i.d.R. zum Absprengen von Ketten oder beim Angriff auf unbewegliche Fahrzeuge)*
HKL	Abk. für: *Hauptkampflinie*
MP 40 *auch „Schmeisser" genannt, da der Name des Waffen-Konstrukteurs auf den Magazinen angebracht war.*	Maschinenpistole 40, Nachfolger der MP 38, Standardmaschinenpistole der deutschen Wehrmacht und Waffen-SS, Stangenmagazin, 32 Schuss, 9 mm Parabellum
Ofenrohr	Raketenpanzerbüchse 54
OKW	Oberkommando der Wehrmacht
K 98	Mauser Modell 98, deutsches Repetiergewehr, Kaliber 7,92 x 57 mm, 8 x 57 IS, Magazinfüllung 5 Patronen mit Ladestreifen. Das Gewehr gab es auch in einer Version für Scharfschützen, Standardwaffe der Wehrmacht und Waffen-SS.
Scho-ka-kola	koffeinhaltige, runde Schokolade, die in einer Blechdose verpackt war.
Sanka	Abk. für: *Sanitäts-Kraftwagen*
WuG	Waffen- und Geräteunteroffizier, *i.d.R. Angehöriger des Gefechtstrosses*
z.b.V.	militärische Abkürzung für: *zur besonderen Verwendung*

Aus dem allgemeinen Landser-Jargon:

Acht-Acht	deutsche Flugabwehrkanone (FlaK), Kaliber 88 mm, die auch für Bodenziele eingesetzt werden konnte
Alter	Spitzname für: Vorgesetzter (*meist Kompanie-, Bataillons- oder Divisionsführer*)
Barras	Barras wird in der Soldatensprache ‚*das Militär*' bezeichnet. Zum Barras müssen heißt, eingezogen zu werden (Wehrpflicht). Das Wort geht vermutlich auf den französischen Staatsmann *Vicomte de Barras (1755-1829)* zurück. Er war einer der Verantwortlichen, als Frankreich die Wehrpflicht einführte. Der Begriff ist vor allem im Süddeutschen Raum und in Österreich gebräuchlich. Aus diesen Landstrichen stammten etliche Soldaten aus Napoleons *Grande Armée* während dessen Russlandfeldzuges.
Beutegermane	saloppe Bezeichnung der Volksdeutschen (*Menschen deutscher Herkunft mit nicht-deutscher Staatsangehörigkeit*)
Donnerbalken	Latrine / Feldtoilette
Gefrierfleischorden	Ost-Medaille
Gulaschkanone	Feldküche
„Halsschmerzen"	jemand möchte eine Auszeichnung erhalten (*Ritterkreuz, Eisernes Kreuz u.a.*)
Hindenburglicht (benannt nach Paul von Hindenburg)	Mit Fett oder Talg gefüllte, kleine Schale, in die ein Docht gesteckt wurde. Es diente als Notbeleuchtung. Moderner Nachfolger ist das Teelicht.

Himmelfahrtskommando	besonders riskanter und gefährlicher Auftrag, dessen Ausführung mit hoher Wahrscheinlichkeit (*allerdings ungewollt*) zum Tod führt
Hitlersäge	Spitzname für: *MG 42, ein leistungsstarkes deutsches Maschinengewehr*
Hundemarke	Erkennungsmarke (*üblicherweise an einer Kette um den Hals getragen*)
Rollbahn	wichtige Straße/Nachschubweg, z.B. zur Truppenversorgung, aber auch zum schnellen Vormarsch
Intelligenzstreifen	Biesen an den Hosen von Generalstabsangehörigen
Iwan	Spitzname für Rotarmisten (*russische Soldaten*)
KdF (Kraft durch Freude)	Nationalistische politische Organisation mit der Aufgabe, die Freizeit (*Wandern, Urlaub = Land- und Seereisen*) der deutschen Bevölkerung zu gestalten. Sitz der Gesellschaft war Berlin.
Kettenhund	Feldgendarm, erkennbar an seinem umgehängten Blechschild
Knobelbecher	genagelter Soldatenschaftstiefel
Koffer	schwere Granate
Kübel o. Kübelwagen	Leichter, geländegängiger Militär-Pkw (Volkswagen)
Küchenbulle	Koch
Landser	ugs. Bezeichnung des deutschen Soldaten (*Landsknecht = zu Fuß kämpfender Söldner 15./16. Jh.*)
Lametta	Orden/ferner auch Rangabzeichen
Latrinenparole	Gerücht
Napola	Nationalpolitische Lehranstalt = Internatsoberschule, die zur Hochschulreife führte / Eliteschule zur Heranbildung von nationalsozialistischen Nachwuchsführungskräften

Spieß	Kompaniefeldwebel *(i.d.R. ein Oberfeldwebel in der Dienststellung eines Hauptfeldwebels – erkennbar an zwei angenähten Kolbenringen am Uniformärmel)*
Strippenzieher	Nachrichtensoldat
S-Mine	Abk. für: Schrapnell-Mine, Splitter-Mine oder Spring-Mine. Nach Auslösung durch Tritt oder Stolperdraht wird der Minenkörper in etwa auf Hüft- bis Schulterhöhe hochgeschleudert und explodiert mit Splitterwirkung. Diese Waffe war so effektiv, dass sie bis heute viele Nachahmer fand.
Tante Ju	Kosename für die Junkers Ju 52, ein Flugzeugtyp der Junkers Flugzeugwerk AG, Dessau. Erfolgreichstes Modell war die dreimotorige Ausführung Junkers Ju 52/3m aus dem Jahr 1932, die aus dem einmotorigen Modell Ju 52/1m hervorging.
Tommy	Spitzname für britische Soldaten
Zwölfender	Berufssoldat *(Dienstzeit betrug mind. 12 Jahre)*

Waffenvorstellung in Stichpunkten

Bild 101 I – Propagandakompanien der Wehrmacht - Heer und Luftwaffe, Arbeitstitel: Frankreich, Rouen.- Panzer IV der 12. SS-Panzer-Division "Hitlerjugend" in Ortschaft; PK Lfl 3, Sommer 1944, Fotograf: Siedel, Bundesarchiv, Signatur: Bild 101I-493-3355-23

Panzer(kampfwagen) IV

Der Panzer IV ist ein 10 Versionen gebauter, auf einen Krupp-Entwurf von 1935 zurückgehender dt. Kampfwagen. Die Auftragserteilung erfolgte bereits 1934. Da Deutschland zu dieser Zeit keine Panzer besitzen durfte, wurde das Projekt unter dem Decknamen „Bataillonsführerwagen" bearbeitet.

Erste Ausführungen waren mit einer 75 mm Kurzrohrkanone und einem Coaxial-MG 7,62 mm bewaffnet. Die Panzerung betrug 30 mm.

Ab der Baureihe D wurde der Panzer an der Stirnseite mit einer zusätzlichen Panzerung von 30 mm und an den Seiten von 20 mm durch Aufnieten versehen.

Zudem erhielt er Walzenblenden mit 30 mm starkem Panzerschild und ein kardanisch aufgehängtes zusätzlichen MG 7,62 mm.

Bis zum Frankreichfeldzug war der Panzer allen gegnerischen Kampffahrzeugen überlegen. Erst im Russlandfeldzug erlitten die deutschen Panzerkräfte durch den russischen T 34 schwere Verluste. Anfangs wurde ein längeres Rohr verwendet, um den Rückstand der Feuerkraft auszugleichen, später lösten die Modelle Tiger I und Panther den Panzer IV ab. Dennoch blieb er der Standartpanzer der deutschen Streitkräfte.

Aufbauend auf dem äußerst bewährten Fahrgestell, gab es etliche deutsche Panzer, wie z.B. dem Nashorn, Hummel, Sturmgeschütz IV, Jagdpanzer IV, die direkt vom Panzer IV abgeleitet waren.

Technische Daten und allgemeine Information:

Breite	2,88 Meter
Länge	7,02 Meter
Höhe	2,68 Meter
Gewicht	17,3 bis 25 Tonnen
Bewaffnung	Hauptbewaffnung: *7,5 cm KwK* Sekundärbewaffnung: *anfangs 1, später 2 MG 34 Kaliber 7,62 mm*
Reichweite	150 – 300 km
Geschwindigkeit	30 – 42 km/h
Besatzung	5 Mann
Motor	300 PS Maybach
Baujahr	1937 - 1945
Stückzahl	8000 bis 8500 Stück

Quelle: *Das große Lexikon des Zweiten Weltkriegs, Zentner, Bedürftig, S. 430, Südwest-Verlag GmbH u. Co. KG, München, ISBN: 3-89350-559-8*

Bildtafel

Original-Fotos aus dem Kriegsjahr 1944

Quelle: Bundesarchiv

Signaturen der Fotos siehe vorangehend im Buch

in der gleichen Reihe bereits erschienen:

Landser in den Trümmern von Budapest - *Information, Originalfotos und ein packender Roman, Books on Demand, ISBN: 978-3-7322-6699-9, Januar 2014, 128 S. - € 8,90, Wolfgang Wallenda*

Scharfschützeneinsatz in Woronesch - *Information, Originalfotos und ein packender Roman, Books on Demand, ISBN: 978-3-7357-5629-9, Juli 2014, 120 S., € 8,90, Wolfgang Wallenda*

Spezialeinheit am Feind - *Information, Originalfotos und ein packender Roman, Books on Demand, ISBN: 978-3-7357-7745-4, August 2014, 124 S., € 8,90, Wolfgang Wallenda*

Blutiges Afrika – Fremdenlegionäre im Deutschen Afrika Korps, *Information, Originalfotos und ein packender Roman, Books on Demand, ISBN: 978-3-7357-7081-3, Oktober 2014, 120 S., € 8,90, Wolfgang Wallenda*

Scharfschützen der Waffen-SS an der Ostfront – Im Fadenkreuz der Jäger, *Information, Originalfotos und ein packender Roman, Books on Demand, ISBN: 978-3-7347-3984-2, Januar 2015, 132 S., € 8,90, Wolfgang Wallenda*

Landser an der Ostfront - Im Höllenkessel von Millerowo, *Information, Originalfotos und ein packender Roman, Books on Demand, ISBN: 978-3-7347-7361-7, März 2015, 132 S., € 8,90, Wolfgang Wallenda*

Scharfschützen und Grenadiere an der Westfront – Todesacker Hürtgenwald, *Information, Originalfotos und ein packender Roman, Books on Demand, ISBN: 978-3-7347-9746-0, Juni 2015, 228 S., € 9,90, Wolfgang Wallenda*

Brennendes Berlin – die letzte Schlacht der „Nordland", *Information, Originalfotos und ein packender Roman, Books on Demand, ISBN: 978-3-8370-7498-7, 2. Auflage April 2016, 128 S., € 8,90, Wolfgang Wallenda*

Landser an der Ostfront - Zwischen Tod und Stacheldraht *Books on Demand, ISBN: 978-3-7392-2644-6, Februar 2016, 228 S., € 12,80, Wolfgang Wallenda und Hans Gruber*
Dieser biographische Roman erzählt die Geschichte des Pioniers Hans Gruber, der 1943 als Angehöriger des Pionier-Bataillons 198 im Kubanbrückenkopf verwundet wurde und anschließend das Martyrium der russischen Kriegsgefangenschaft überlebte.

weitere Bücher von Wolfgang Wallenda:

Biographie (halbauthentische Erzählung):

Die Frontsoldaten von Monte Cassino, *Erstauflage 1999, z. Zt. 5. Auflage, Triga Verlag, 540 S. € 29,80. Dieser halbauthentische Roman erzählt die Geschichte des 1939 zwangsrekrutierten Mathias Wallenda, der sich an den Fronten in Frankreich, dem Balkan, in Afrika und letztendlich in Italien bei Monte Cassino bewährte und dort Held wider Willen wurde.*

Krimikomödien:
(veröffentlicht unter W. T. Wallenda)

Schneespuren gibt es nicht, *Oktober 2013, Himmelstürmer Verlag, 283 S. - € 15,90. In dieser wirklich außergewöhnlich witzig-warmherzigen Kriminalkomödie schlittert ein homosexuelles Paar in das Abenteuer seines Lebens.*

Soko: weiß-blau-rosa und der Wessobrunner Hexenfluch, Februar 2014, Himmelstürmer Verlag, 241 S. - € 15,90. Dieses Buch ist ein „etwas anderer" Oberbayernkrimi – fesselnde Spannung und dennoch äußerst humorvoll.

*Soko: weiß-blau-rosa: **Fränkisches Blut**,* Juli 2014, Himmelstürmer Verlag, 240 S. € 16,50. Dieser Roman ist ein außergewöhnlicher Heimatkrimi mit gekonnter Mixtur aus Hochspannung und Humor.

Quellen- und Literaturverzeichnis, Buchtipps:

Kriegstagebuch des Oberkommandos der Wehrmacht (Wehrmachtsführungsstab) 1940-1945 (1961 – 1965)
Sonderausgabe, Berdard & Graefe Verlag, Bonn,
Hrsg. Prof. Dr. Percy Ernst Schramm, erläutert von Prof. Dr. Andreas Hillgruber, Prof. Dr. Walther Hubatsch, Prof. Dr. Hans-Adolf Jacobsen und Prof. Dr. Percy Ernst Schramm, ISBN 3-7637-5933-6

Wikipedia gem. den eingefügten Links.
Die Lizenzbedingungen sind unter folgendem Link einsehbar http://creativecommons.org/licenses/by-sa/3.0/deed.de

Infanteriewaffen Gestern (1918-1945) Band 1 Reiner Lidschun, Günter Wollert, Brandenburgisches Verlagshaus, 3. Auflage 1998, ISBN 3-89488-036-8

Infanteriewaffen Gestern (1918-1945) Band 2 Reiner Lidschun, Günter Wollert, Brandenburgisches Verlagshaus, 3. Auflage, 1998, ISBN 3-89488-036-8

Das Handbuch der deutschen Infanterie 1939 – 1945, Edition Dörfler im Nebel Verlag GmbH, Eggolsheim, ISBN: 3-89555-041-8, Alex Buchner

Deutsche Uniformen 1939 – 1945, Motorbuch Verlag, Stuttgart, 4. Auflage 2004, ISBN: 3-613-01869-1, Jean de Lagarde

Artillerie im 20. Jahrhundert, Bernhard & Graefe Verlag, Bonn 2004, ISBN: 3-7637-6249-3, Franz Korsar

Das große Lexikon des Zweiten Weltkriegs, Zentner, Bedürftig, S. 430, Südwest-Verlag GMbH u. Co. KG, München, ISBN: 3-89350-559-8

D-Day – Die Schlacht um die Normandie, Verlag C. Bertelsmann ISBN:978-3-570-10007-3, Antoy Beevor

sowie

überlieferte Erinnerungen und überlassene Aufzeichnungen von Veteranen und Zeitzeugen (schriftlich o. im persönlichen Gespräch mit dem Autor) und eigene Kenntnisse des Autors. Der Romanteil ist eine überarbeitete Version von „Hitlerjugend im Kampf", Pabel-Moewig Verlag Rastatt, Heft-Nrn. 2846

Das Bundesarchiv, Potsdamer Straße 1, 56075 Koblenz, insbesondere: Bilddatenbank des Bundesarchivs sowie Freiburg (Militärarchiv), Wiesentalstr. 10, 79115 Freiburg